「早く目覚めてくれればいいのにな」

淋しげに呟くと、小竜がきゅいっと小さな鳴き声をあげた。

「しーっ」

軽く小竜の頭をつつき、蒼は持ってきた花をヴァルトスの鼻先に置く。

（P71より）

竜王は花嫁の虜

成瀬かの

illustration:
宮城とおこ

prism bunko

CONTENTS

竜王は花嫁の虜

テーブルの上に落ちてきたハナミズキの葉がかさりと乾いた音を立てる。

満月が真上に差し掛かろうとする頃緑豊かな公園の中で、隅にぽつんと建つカフェバーだけが明るいオレンジ色の光を放っていた。

テラス席にはスーツを着た小柄な青年が一人、乾いたコーヒーカップを前に糸の切れた人形のように座っている。綺麗な闇色の瞳を虚ろに見開き、身じろぎもせずに。

ちりんと涼やかなベルの音が響く。店内からテラスへと抜ける硝子戸《ガラスど》が開き、スライスレモンの浮かぶピッチャーを手にしたギャルソンが青年——各務《かがみ》 蒼《そう》——のいるテーブルへと近付いてきた。

「何かお飲み物をお持ちしましょうか」

少し長めの黒髪をうなじで一つに結わえたこのギャルソンは外国人の血が入っているのか、鼻梁が高く、瞳の色も明るい。少し下がった目尻が甘やかで、いかにも女性にもてそうだ。

空になったグラスに水がつぎ足される。

ギャルソンの手許で、何かが一瞬きらりと光を放った。

銀の指輪だ。

蒼の目が吸い寄せられるようにギャルソンの左手薬指を追う。何も言わず指輪を凝視する蒼に、ギャルソンは困ったように微笑んだ。

「あの……？」

「あ……すみません、カフェオレお願いします」

「かしこまりました」

一礼し店内へと戻ってゆくギャルソンの背中を、蒼は物悲しい表情で見つめる。店内ではカップルなのであろう男女が楽しそうに食事をしていた。誰も彼もが幸せそうだ。

蒼だけが一人だった。

蒼はふ、と切ない溜息をつくと、ネクタイを緩めた。頬杖《ほおづえ》を突いて、睫毛《まつげ》を伏せる。またかさりと音を立て、枯れ葉がテーブルの上を淋しく飾った。

——何処《どこ》か遠くへ行きたいな——。

それは、誰もがふとした瞬間に抱く夢想に過ぎなかった。

現実には何もかもを捨て遠くへ行く事などできない。そうわかった上での単なる言葉遊び。

蒼もまたほんの少し考えてみただけで、本当に遠くへ行くつもりなどない。

だが。

〝いいねえ、『何処か、遠くへ』！〟

聞こえてきた不思議な声に蒼はぎょっとして目を上げた。

一瞬前まで誰もいなかった向かいの席に、初老の外国人が座っていた。頬杖を突き、蒼の顔を覗《のぞ》き込んでいる。

若い頃はとんでもない美形だったに違いない。目尻や口元に細かい皺《しわ》が寄り始めているものの彫りの深い顔立ちは端整だった。

灰色の髪は綺麗に後ろに撫でつけられ、うなじで一つに結わえられている。ひょろりと痩せた躯に纏《まと》っているのは燕尾服《えんびふく》。おまけに何処の骨董店《こっとうてん》で手に入れたのか、片眼鏡を掛けていた。だらしなく姿勢を崩していてもまるで古い映画に出てくる外国貴族のような威《い》厳《げん》を具《そな》えている。

〝うーむ、黒髪ってぇのはエキゾチックでイイなあ。小さいのもイイ。あいつは弱っちいモンが好きだからなあ〟

――――?

蒼はまじまじと男を見つめた。

男の唇は動いていない。蒼の鼓膜を震わせる音もない。

なのに蒼には、男の言う事がはっきり聞こえた。

「何なんですか、あなた……」

自分の感覚が信じられず戸惑う蒼に男はにんまり笑み、優雅に席を立った。

唖然《あぜん》とする程背の高い男だった。遙かな高みから見下ろし、骨張った手で蒼の顎をすくう。

蒼は反射的に振り払おうとしたが、男の手は鋼《はがね》でもできているかのように硬く、揺るぎもしなかった。勝手に角度を変えられ、品定めするように眺め回される。

〝うん――顔もイイ。ようし、決まりだ。こいつ《種》を呑め。そうしたら望み通り、何処か遠く、お伽噺《とぎばなし》のような素敵な世界にてめえを連れてってやる〟

男の右手が閃《ひらめ》き、まるで手品のように小さな丸いものが現れた。飴玉に似ているが、透明な皮膜に覆われた内部では黒いものが蠢いている。

孵化間近の魚の卵のようにも見えるそれを口元に差し出され、蒼は唇を引き結び顔を背けた。

立ちあがった拍子に椅子が大きな音を立ててひっくり返る。ほんの数メートル先、明るい店の中では食事を楽しむ人々の姿が――そして給仕をするギャルソンの姿が見えているのに、争う蒼たちに気付く様子はない。

変な物を呑まされてはたまらないと、逃げようとする蒼の腕を男が掴み引き寄せる。冷たい指先で鼻を摘まれ、蒼は息を詰めた。

苦しい。

引き剥がそうと爪を立ててみるが、男は涼しい顔のまま、力が緩む事もない。

息が続かずほんの少しだけ開けてしまった唇の隙間に、すかさず指が突っ込まれた。硬い爪がやすやすと歯列をこじ開け、妙にあたたかく脈打つものを喉の奥へと押し込む。

〝おら、呑め〟

「んんっ……」

〝行きてえんだろ？　此処《ここ》ではない、遠くへ。ありのままのてめえを受け容れてくれる、優しい世界へ。好きな奴に酷い事を言われなくて済む所へ――〟

蒼は目を見開いた。

――どうして知っているんだ――？

驚いた拍子に喉がこくりと動く。

ひく、ひく、と蠢くものが喉を滑り落ちていった。蒼が種を嚥下《えんげ》したのを見届け、指が口の中から抜き出される。

蒼は背中を丸め咳き込んだ。えづき、呑んでしまったものを吐き出そうとするが出てこない。更に不運な事に、よろめきながら男から遠ざかろうとして、蒼はひっくり返っていた椅子に躓《つまず》いてしまった。

——あ。

まずい。此処の床はタイル張りだ。打ち所が悪ければ大変な事になる。

わかっていても持ちこたえる事などできず、躯は後ろに倒れてゆく。恐ろしい浮遊感に続く苦痛に備え、蒼は歯を食いしばって目を瞑《つむ》った。

だがいつまで経っても予期した衝撃は訪れなかった。

「————え————？」

ごうごうと耳元で風が鳴る。躯が何処までも落ちてゆく。

恐る恐る目を開いてみて、蒼は驚愕《きょうがく》した。

床がない。

さっきまで夜のカフェバーにいたのに、今、蒼がいるのは青い空のただ中だった。遙か下方できらきら光っている海へと落ちてゆく。

「嘘だろ——？」

夢だと、思いたかった。

だが四肢《しし》が引きちぎられそうな風圧に、ばたばたと音を立てはためく上着。風が強すぎて目を開けていられない——などというリアルな夢があるだろうか。

蒼は薄目で周囲を見回した。

蒼は普通のスーツ姿で、もちろんパラシュートなどつけていない。今はまだ高度があるが、程なく海面に叩き付けられ死ぬ事になるのは明白だ。

「たす――けて――」

無意味だと知りつつ呻《うめ》いた時だった。下方にぽつりと黒いものが見えた。

最初、あまりにも小さいので気のせいかと蒼は思った。だがそれは消えるどころか見るみるうちに大きくなってくる。

鳥か？

黒い点に力強く羽ばたく翼がついているのを見て取った蒼の胸に希望が生まれた。どうにかしてあれを捕まえられれば助かるかもしれない。

だが距離が詰まってくると、蒼はそれどころではないのに気が付いた。

それは、マイクロバス程の大きさがあった。

鳥ではない。

蜥蜴《とかげ》に似た躯に翼がついている。大きな口の中には鋭い牙がずらりと並んでいた。

「嘘だろ――竜《ドラゴン》……？」

それは学生の頃夢中で遊んだＲ　Ｐ　Ｇ《ロールプレイングゲーム》のモンスターにそっくりだった。

竜が吠える。空に轟《とどろ》く凄《すさ》まじい咆哮《ほうこう》と同時に、若い男性の楽しげな声が聞こえた。

〝いーもんみーつけた！〟

「――え？」

竜が大きな翼をうち振るい、ぱかりと口を開く。

あわやという瞬間、蒼の前から竜の姿が掻き消えた。

「……あれ？」

二種類の咆哮が頭上で響く。

〝邪魔すんな！〟

〝油断すんのが悪いんだろ。いただきーっ！〟

〝駄目だ！　それは俺のだ！〟

咆哮に重なるように、また声が聞こえた。蒼が躯を捻って見上げると、遙か頭上で竜が二匹、ぎゃおぎゃおぎゃおわめきながらもつれ合っている。どうやら蒼に食いつこうとしていた一匹は、別の竜の体当たりを受けて弾き飛ばされたらしい。頭の中に響く声は、あの竜たちの声のようだ。

竜の声が聞こえ――いや感じ取れるなんて、一体何がどうなっているんだ――？

争う竜たちが見る間に遠ざかってゆく。とりあえず危地は脱したらしいとほっとした瞬間、がくんと躯が揺れ、落下が止まった。恐る恐る見上げると、別の竜が足で器用に蒼の上着を掴んでいる。

〝ふむ、いい匂いだ。これは私がもらっていくとしよう。……むがっ!?〟

蒼は思わず悲鳴をあげた。

いきなり放り出された躯がくるくる回り、蒼を取り巻く世界もくるくる回る。。

また巨大な鉤爪《かぎづめ》に掴みかかられ、落下が止まる。気が付けば空は竜だらけになっていた。

大小様々な竜が蒼を手に入れようと争っている。

先刻蒼の上着を捕らえていた竜の顔には小振りの竜が貼り付き、雄叫《おたけ》びを上げていた。

くわっと開かれた口から炎が吐き出されたのを目撃してしまい、蒼は戦慄《せんりつ》する。

凄まじい咆哮が重なり合い、耳を聾《ろう》した。

〝邪魔するんじゃねえ!〟

〝君こそ引っ込んでなよ〟

〝ガキども退《ど》け!　これは俺んだ!〟

竜たちは蒼を奪い合いながら少しずつ高度を落としてゆく。

最終的に蒼を勝ち取ったのは、猫程の大きさしかない小竜だった。

いきなり巨大な竜の間から飛び出してきた影に襟首を鷲掴《わしづか》みにされ、蒼は息を呑む。

「――――ひっ――――」

大きな竜の爪の中からもぎ取られ、スーツの上着が厭《いや》な音を立て裂けた。

どの竜より小さな竜は、どの竜より飛ぶのが早く、瞬く程の間に竜たちの間を抜ける。

その行く手には、青みがかった黒い鉱石の塊のようなものが浮いていた。

小山程の大きさがあり、上部は風化して巨大なコロッセオのような窪地《くぼち》になっているが、下部は結晶のような形状で尖《とが》っている。小竜は窪地の中央を目指しているらしい。

見る見るうちに眼前に迫ってくる岩肌に、蒼は青ざめた。

小竜の翼は小さく、とても蒼の体重を支えられそうにない。このスピードでは硬い岩に激突してしまうに違いない。

だが地面が目前に迫った時、ふわりと不思議な風が起こった。

小竜が蒼のスーツにしっかりと爪を立て羽ばたいている。一振り毎に強い風が湧き起こり土埃《つちぼこり》が舞い上がった。

落下が止まり、躯が浮く。

「ええ……っ!?」

どう考えてもおかしかったが疑問を追いかけている余裕などない。地面に下ろされると、蒼はその場にへたり込んだ。

「うう、吐きそう……」

まだ世界がぐるぐる回っているような気がする。

竜たちの鋭い鉤爪のせいで蒼のスーツはあちこち裂け、靴も片方なくなっていた。

恐る恐る見上げた空にはまだたくさんの竜が飛び交っている。だがなぜか蒼を追い降りてこようとする様子はない。

すぐ近くにそそり立つ結晶の上に舞い降りた小竜はつぶらな眼を瞠《みは》りしげしげと蒼を眺めている。

蒼は小竜と見つめ合った。

小竜は作り物のように綺麗だった。びっしりと表面を覆う鱗《うろこ》は黒く、釉薬《ゆうやく》でも塗ってあるかのような独特の光沢を放っている。

瞳の色はエメラルドグリーン。

くりんと首を傾《かし》げる仕草が幼い。

小竜は小さな翼を広げて地上へと飛び降りると、ひょこひょこ蒼へと近付いて来た。踏み出す度躯が左右に大きく揺れるのは、どうやら左足が不自由なせいらしい。

匂いが気になるらしく、前足を蒼の膝の上に乗せてすんすん鼻を鳴らし始める。無遠慮に蒼の躯によじ登り、そちこちに鼻先を押しつけてくる小竜の躯は紙でできた模型のように軽い。

試しに喉をくすぐってやると、小竜はくるるるると可愛らしい声をあげ、気持ちよさそうに眼を細めた。

「ありがとう。君のお陰で助かったよ。ついでに此処は何処なのか教えてくれると嬉しいんだが——」

声が聞こえる事を期待したが、小竜は知らん顔、教えてくれる様子はない。蒼は小さな溜息をついた。

「其処までは無理、か。俺はこれから、どうしたらいいんだろう」

此処は明らかに地球ではなかった。青い空には白く異様に大きな月が二つ並んで浮かんでいる。

思案している蒼の肩の上で小竜が不意に伸び上がった。全身を緊張させ、鱗を逆立てる。

不穏な気配を察し振り返った蒼は、そう遠くない場所に大きな獣がいるのに気が付き顔を顰《しか》めた。

「何だ——あれ」

熊に似た大きな獣は、闇を塗り込んだように黒かった。

低い唸り声がその喉から漏れ、牙を剥いた獣の口から唾液が糸を引いて落ちる。足元でじゅうと厭な音があがり、平らだった結晶に浅い穴が穿《うが》たれた。

蒼はよろよろと立ちあがる。まだ平衡感覚がおかしいが、そんな事を言っていられる状況ではない。獣の爛々《らんらん》と輝く瞳は真っ直ぐに蒼を捉えている。

「まずい……よな、あれ。どうしよ……」

見回しても、逃げ込めるような場所は見当たらない。

太い前足が苛立たしげに地面を掻く。耳が痛くなるような叫び声をあげ、獣が猛然《もうぜん》と地を蹴った。

早い。

地響きを立て迫り来る黒い塊を蒼は茫然《ぼうぜん》と見つめる。逃げなければとぼんやりと思うが、躯が麻痺してしまったかのように動かない。

そのまま引き裂かれてしまうかと思われたが、獣の爪が届く寸前、小竜が蒼の前に舞い降りた。

「おまえ……!?」

勇ましい雄叫びをあげ敢然《かんぜん》と獣に立ち向かってゆく姿に、蒼の胸の中で何かが引き絞られる。

もしかして——守ってくれようとしているのか？

だがいくらやる気があっても、小竜と獣とでは躯の大きさが違いすぎた。小さな竜は獣の前足の一振りであっけなく叩き落とされてしまう。

禍々《まがまが》しい叫び声をあげた獣の眼がまた蒼を捉える。欲望に眼をぎらつかせ、躍《おど》りかかってくる。

「……っ！」

とっさに翳《かざ》した腕に、獣の牙が食い込んだ。

凄まじい痛みに、蒼は歯を食いしばる。唾液に酸でも混じっているのか、傷口から煙が上がり始めた。

――熱い。

蒼は巨躯《きょく》を押し返そうと踏ん張ったが、逆にのしかかられ背中が岩に押し当てられた。

気が遠くなりそうだったが、此処で失神したら死が蒼を待っている。

どうしたらいいのかわからず、蒼は願う。

――誰か――助けて――……っ。

獣が唸った。

蒼の求めに応えるかのように小竜がくるりと身をねじって起き上がる。

「え、ちょ、君……っ！」

小さな牙では大したダメージを与えられないともうわかっているのだろうに、小竜は羽ばたいた。無防備に伸ばされた獣の首に果敢《かかん》に食らいつく姿に蒼の胸は熱くなる。

うるさくつきまとってくる小竜に獣は猛り狂い、振り落とそうと身をよじった。だが蒼の肉に食い込んだ牙が抜けない。

獣が激しく頭を振って自由になろうとするせいで更に肉が引き裂かれ、激痛が走る。

「うあ……あ……っ」

蒼はとっさに獣のたてがみを握り締め、耐えた。

この手を離したら終わりだ。牙が抜けたら、獣は小竜を殺した後、蒼の腕ではなく喉笛に牙を立てようとするだろう。

状況は圧倒的に蒼に不利だった。

武器はない。身を隠せるような場所も見当たらない。こうして獣を押さえる以外、蒼にできる事はない。

でも小竜は違う。

「逃げな」

蒼は今にも萎《な》えそうな腕に力を込め、獣を引きつけた。

大きさから察するに、この竜はまだ子供だ。

小さな竜がいくら噛み付いても、この大きな獣は倒せない。ならこれ以上危険を冒《おか》すのは馬鹿げている。この小竜は蒼とは違って翼があるのだ。逃げられるのなら無駄に命を落とす必要はない。

そう——思ったのだが。

蒼の言葉を聞いた途端、小竜がすっと頭をもたげた。幼い仕草にそぐわぬ知性を湛《たた》えたエメラルドグリーンの瞳が蒼の姿を映す。

え——？

だがそこで、獣の毛皮を掴んでいた手が血でぬるりと滑った。掴み直そうとしたものの間に合わず、獣が激しく頭を振る。

肉が引きちぎられ、小竜がたてがみから振り落とされた。

——まずい。

牙の抜けた腕から奔流《ほんりゅう》のように血が溢《あふ》れ始める。

逃げなければと思うのに膝が崩れ、蒼はその場にずるずると座り込んだ。

獣が血に濡れた顎を開く。再び蒼を襲おうとする。

その時、突如として凄まじい咆哮が湧き起こり、世界が震えた。

な、に——？

視界の端で何かが揺れる。吸い寄せられるように目を遣った岩陰から、ゆらりと男が立ちあがった。

誰だろう――？

蒼は目を眇《すが》める。

地面に引きずる程長い純白の髪が強い風にふうわりと舞っていた。

北欧系なのか、鼻梁は細く高い。血の色を透かした瞳は紅玉のように美しく、貴族的な美貌《びぼう》を際立たせている。

驚く程の長身で、恐らく二メートル近くあるだろう。引き締まった上半身を剥き出しにした無防備な姿だが、その手に一振りの刀を持っている。

男はゆったりとした白の下衣を風に激しくはためかせ、黒い獣を見つめている。その瞳《どう》孔《こう》が、爬虫類《はちゅうるい》のように縦長に絞られた。

縦長――？　――まさか――。

気配に気付いた獣が男へと向き直る。巨躯に似合わぬ素早さで肉薄《にくはく》する獣を恐れる様子もなく、男は手にしていた刀を悠然と抜きはなった。切っ先を下に向けて構える。

男の腕が一閃し、白刃《はくじん》が陽光を反射する。

一瞬で勝負は決し、血飛沫《ちしぶき》が飛んだ。

獣の頭が落ち、大量の血が迸《ほとばし》る。周囲に厭な臭いのする煙が立ちこめた。

「すご、い……」

男は獣を屠《ほふ》ってなお、息一つ乱していない。赤い瞳で蒼を無表情に見下ろし、地面に刀を突き立てる。

「あ——あ……あの、ありがとう、ございました……」

蒼がとりあえず頭を下げると、男は少し顎を上げ大気の匂いを嗅《か》いだ。

〝この匂いは、何だ?〟

唐突に聞こえてきた声に、蒼は瞬いた。白い男の唇は引き結ばれたまま、何の音も発していない。

——燕尾服の男と同じだ。

「にお、い……?」

蒼はすんと鼻を鳴らしてみたが、血臭が濃くて他の匂いなどまるでわからなかった。

男がつかつかと近付いてきて腰を折り、蒼の首筋へと顔を寄せる。近すぎる距離に緊張してしまい、蒼はそれとなく目を逸らした。

〝そなた、竜ではないな。何者だ〟

奇妙な質問に蒼は首を捻った。

蒼には鱗もなければ翼もない。あんな爬虫類でないのは見れば一目瞭然《いちもくりょうぜん》なのに、どうしてそんな事を聞くんだろう？

「俺、人です。各務、蒼って名前の、人間」

〝――ソウ、か〟

身じろげば触れそうな距離で、恐ろしく綺麗な顔が何事か考え込んでいる。落ち着かない状況に蒼はそっと男の躯を押し戻そうとして、獣に噛まれた腕が動かなくなっているのに気が付いた。見ると肉も腱《けん》もずたずたに引き裂かれている。

この腕は多分もう、使い物にならない。

一生を片腕で生きてゆかねばならない身の上になってしまったのだと気付き、蒼はぼんやりと己の腕を見つめた。

今日の自分はとことんついてないらしい。

血はまだ流れ続けている。

〝ふん。血までもがむせ返るような芳香を放っているな。魔物もこれに引き寄せられたか〟

男は淡々と呟くと蒼の傷ついた右腕を掴んだ。蒼は反射的に手を引こうとしたが、男はそれを許さない。強引に引き寄せ、傷口を吸う。

〝甘いな……〟

男が眼を細め唇を舐めた。

ざわりと蒼の肌が粟立《あわだ》つ。男が触れた場所から不可解な熱が広がり始めたのを感じ、蒼は身震いした。

何だ、これ――？

心臓の音がやけに大きい。

男が傷口を舐めると、肉が盛り上がり皮膚が再生し、無惨《むざん》な傷が塞《ふさ》がり始めた。とんでもない奇跡だったが、蒼はろくに意識もしていなかった。

躯が、熱い。

男がぞろりと血を舐め取る度、皮膚の下がざわめき、ひどく躰が切なくなる。

蒼は熱っぽく潤み始めた瞳で男を見上げた。

「あ、の。あなた、は――」

〝動くな〟

傷が綺麗に消えた腕から顔を上げると、男は次いで蒼のワイシャツに手を掛けた。無造作に左右に開き、釦《ボタン》を引きちぎってしまう。

「な……っ」

男は剥き出しになった蒼の胸を眼にした途端動きを止めた。

〝そなた……男か……？〟

ひどく驚いた様子に、蒼もまた驚いた。いくら小柄とはいえ、これまで女性に間違えられた事などない。

「ええ、男ですが……。もしかして、女性だと思って助けてくださったんですか？」

男は何も答えず蒼の脇腹に顔を伏せた。腕の傷にばかり気を取られ気付かなかったが、其処にも大きな裂傷があった。

男が獣の鉤爪で抉《えぐ》られた傷へと舌を伸ばす。

傷に触れられた途端、蒼は仰け反った。

「う、あ……っ」

一瞬、達してしまったのかと思った。全身を駆け巡る甘美な痺れに、蒼は恍惚とする。

男は構わず傷を舐め続けている。柔らかな舌が蠢く度腰が痺れ、下腹まで緩く勃ち上がり始めた。

気付かれないよう膝を立てて隠し、蒼は震える吐息をつく。

「あの、もういいです。もう大丈夫ですから、やめてください。ありがとうございました」

力の入らない腕で男を押し退けようとしたが、男は退くどころかますます重く蒼にのしかかってきた。大人と子供程の体格差がある相手を持ち上げられるだけの膂力《りょりょく》は蒼にはない。

落ち着かねばと思うのに、躯は熱くなるばかりだ。

どうしよう。

こんなのおかしいとわかっているのに、もっと触って欲しくて堪《たま》らない。

何もかも全部明け渡して、この人に滅茶苦茶にされてみたい。

蒼の内心を読みとったかのように、男が首筋をねっとりと舐め上げる。

「あ、う……っ」

太腿に硬いモノが当たっているのに気が付き、蒼は喉を鳴らした。

この人も俺に欲情している――？

蒼の肌を吸いながら男が眼を上げる。

男の赤い眼には獣じみた光が宿っていた。圧倒的な力を持つ生き物に射竦《いすく》められ、蒼はおののく。

さらりと流れた白い髪が再び男の顔を隠し、逞《たくま》しい躯が重みを増す。体格のいい男にのしかかられた蒼は身動きすらろくにできなくなってしまい、躊躇《ためら》いがちに訴えた。

「あの、お……もいん、です、けど……？」

男の反応はない。動かなくなってしまった男を訝《いぶか》しく思いもう一度声をかけてみて、蒼ははっとした。

――この人、寝ている――？

髪を掻き上げてみると、白い睫毛は伏せられていた。男は蒼の胸の上でスイッチが切れたかのように意識を失っている。

「ええ？　何でだ？」

怪我でもしていたのかと心配になったが、すうすうと聞こえてくる寝息は穏やかだった。

蒼は肺の中の空気を全部吐き出し、脱力する。

ほっとしたようながっかりしたような気分だった。

眠ってしまった男の下から抜け出せないまま、蒼は片腕を持ち上げて見る。

「治ってる……」

ずたずたになっていた筈の腕は傷一つないなめらかな肌に覆われていた。感覚がなくなっていた指もきちんと動く。もう一方の手で触れてみても、何の異常もない。

〝大丈夫か？〟

高ぶった躯が鎮《しず》まるのをぼんやり待っていると、落ち着いた声が頭の中に響いた。頭をもたげると、逞しい壮年の男が近付いてくるところだった。

新たに現れた男も体格が良く、白い男程ではないが非常な長身だった。年の頃は四十歳くらいだろうか、サファイアのように輝く青い瞳の持ち主で、腰まで届く金髪を後頭部で一つに結び、垂らしている。

「大丈夫です。失礼ですが、あなたは……？」

〝俺はオルカと言う。この方はヴァルトス様だ〟

端的に答えると、オルカは逞しい腕で眠っている男を蒼の上から退けた。

男の体温が消え、肌寒さが取って代わる。破れたスーツとシャツの前を蒼が掻き合わせていると、オルカが自分の上着を脱ぎ、蒼の肩にそっと着せ掛けた。

「すみません。ありがとうございます」

丈の長い上着は、蒼が着ると膝下まで届いてしまった。肩のラインもまるで合わない。

〝おまえは何者だ？〟

「俺は各務 蒼と申します。あの、この人、大丈夫でしょうか。急に眠ってしまったみたいなんですが」

オルカが完全に眠り込んでいるヴァルトスを見下ろす。

〝心配は要らんだろう。眠っているだけだ。ヴァルトス様が目覚められたのは千年ぶり、本格的に覚醒《かくせい》するまで今しばらく時間がかかる〟

「……せんねん？」

聞き間違えだろうと思い問い返した蒼に、オルカは真面目に頷いた。

〝そう、千年。普通ならすぐこんな風に動き回る事はできんのだが、無茶をされる〟

オルカが骨張った手を上げると、風が起きた。すぐ傍に馬程の大きさの竜が降り立ったのを見て緊張した蒼に、穏やかな微笑みが向けられる。

〝怖がる必要はない。これはヴァルトス様を運ぶ手伝いをしに来ただけだ〟

蹲った竜の背に、オルカがヴァルトスを担ぎ上げる。

〝行くぞ〟

「あ、はい」

何処へ行くのだろうと疑問に思いながら、蒼は熱が治まった躯を起こした。

何処であろうとついて行くしかない。蒼はこの世界について何も知らない。それにまたあんな獣に襲われたら厭だ。

オルカが途中で立ち止まり、ヴァルトスの刀を引き抜き回収する。後を追おうとして、蒼はつと足を止めた。

カツ、カツツ、という不規則な音が背後から追ってくる。竜の爪が岩に当たる音だ。

蒼が振り返ると小竜がひょこひょこと足を引きずりながらついてこようとしていた。見られているのに気が付くと立ち止まり、大きな瞳できょとんと見つめ返してくる。

「おいで。さっきは助けてくれてありがとうな」

一緒に来たいのだろうと思い、蒼は小竜の両脇に手を差し入れ持ち上げた。驚き手足をばたつかせる小竜を猫を抱く要領で抱き締め、頬擦りする。

この子はこんなに小さな躯で自分を助けようとしてくれたんだ。

そう思うと、蒼の胸はじいんと熱くなった。

いつかこの恩を返せる時があればいいと蒼は思う。

〝……驚いたな。顔に似合わず随分《ずいぶん》と豪胆だ〟

呆《あき》れたような声に目を上げると、少し先でヴァルトスを乗せた竜とオルカが蒼を眺めていた。竜はぱかんと大きく口を開けている。

「え？　なにがですか？」

蒼は訳がわからず黒い瞳を瞬かせた。

蒼の匂いは小竜にマタタビのように作用するらしい。小竜はすでに抵抗をやめ、小さな前足で破れたシャツにしがみついている。恍惚《こうこつ》とした顔で蒼の匂いを嗅いでいる小竜から、オルカは微妙な顔で目を逸らした。

〝……いや、いい。それは別に嫌がってはおらんようだしな。行こう、こっちだ〟

「あ、はい。お待たせしてすみません」

オルカが先に立ち、岩陰から小さな洞窟《どうくつ》へと入った。荒々しい岩肌を見せていた洞窟はしばらく進むとなめらかな半円形の天井を持つ通路へと変わってゆく。

やがてオルカが両開きの扉の前で止まり、押し開けた。

扉の向こうには燦々《さんさん》と陽が差すこぢんまりとした部屋があった。中央には毛皮を敷き詰めた獣の巣のような寝床が設《しつら》えられており、天井から幾重にも下げられた薄布が陽の光を和らげている。

ヴァルトスの躯を寝床の上に下ろすと竜はふらふらと蒼に近付こうとしたが、オルカに怒られ窓——というよりただの穴——から出ていった。

毛足の長い毛皮の上に無造作に横たえられたヴァルトスの周囲には純白の髪が流れ、まさにお伽噺の挿絵のようだ。

オルカは次いで蒼をそう離れていない部屋へと案内した。

テーブルとソファ——ファブリック代わりに大きな毛皮が掛かっている——があるだけのシンプルな部屋は明るかった。やはり窓、などという上品なものはなく、ヴァルトスの部屋と同じく壁に巨大な穴が開いている。部屋の奥にはもう一つ扉があり、窓のない暗い寝室に繋がっていた。

〝まあ、座れ。少し話をしよう〟

手招かれ、蒼は少し緊張してソファの端に腰を下ろした。気のせいか、ソファは元の世界で用いられているものより高さも奥行きも大きかった。もしかしたらヴァルトスやオルカに限らず、この世界の人間は平均的にサイズが大きいのかもしれない。

〝ゾウは何処から来たのだ？〟

いきなり難しい質問を投げかけられ、蒼は落ち着きなく小竜の背を撫でた。

「その……東京《とうきょう》です」

案の定、オルカが困ったようにこめかみを掻いた。

〝トーキョー？　それは何処にあるのだ？〟

「日本に」

〝ニホン……〟

「多分此処とは違う世界です。俺のいた所には、竜もあんな黒い獣もいませんでしたし、空に浮かぶ島もお伽噺の中にしかなかった」

そう。此処は自分のいた世界とは違う。

言葉にしたら急に実感が込み上げてきた。

どうして自分はこんな所にいるんだろう。どうすればあのカフェバーに戻れるんだろう。

別の世界か、とオルカが低く唸る。

〝帰り方はわかるか？〟

蒼は汗ばんだ掌を握り込んだ。

「帰り方どころか、どうやって来たのかすらわかりません。でも、俺は此方《こちら》の世界の人に連れてこられたんだと思うんです」

燕尾服を着た、片眼鏡の男。あの男は此処の人たちと同じように発声せず意思を伝えた。だがオルカにはまるで心当たりがないらしい。怪訝《けげん》そうに眉を顰《ひそ》める。

〝残念ながらそういう話は聞いた事がないな〟

「失礼ですが、オルカさんが知らないだけで、そういう技術があるのではないでしょうか？　俺が見たのは初老の、片眼鏡を掛けた男なんですが——」

〝カタメガネとは、何だ？〟

問い返され、蒼は唇を噛んだ。

この人には本当に蒼の世界についての知識がないらしい。

じわじわと恐怖が込み上げてくる。

落ち着け。

蒼は背中を丸め、自分の躯を抱くようにして震えを押さえ込もうとした。

落ち着け——落ち着くんだ。

小竜のエメラルドグリーンの瞳に、パニックに陥りそうな己を必死に保とうとしている蒼が映し出される。

小竜はしげしげと蒼を眺めていたが、やがて細い首を伸ばし、桃色の舌でちろりと蒼の頬を舐めた。

その瞬間蒼の中で、何かがぷつんと切れた。

「――――っ」

蒼はいきなり手を伸ばすと、小竜をぬいぐるみのように抱き竦めた。

驚いたのだろう、小竜は手足をばたつかせたが、蒼は構わず細い首の付け根に顔を押しつけ大きく深呼吸する。

大丈夫だ。この子は俺を助けてくれた。あの白い綺麗なヴァルトス様だって。これからだってきっと何とかなる。大丈夫、大丈夫――。

小竜が耳元できゅるきゅると鳴く。

やがて激しかった動悸《どうき》が落ち着きを取り戻し始めると、緊張していた小竜の尻尾《しっぽ》からも力が抜けた。

〝あー、不安だろうが心配は要らぬ。おまえの世界に渡る方法を知っている者がいないか、ちゃんと調べてやるし、此処にいる間は一族でソウの面倒を見てやろう。ヴァルトス様もソウの事を気に入ったようだしな〟

「ヴァルトス様が……？」

紅玉の眼を持つ男の勇姿が、蒼の脳裏に蘇《よみがえ》る。

だがオルカが来た時にはもう、ヴァルトスは眠っていた。何かをオルカに伝えられたとは思えない。

蒼の心を読み取ったかのようにオルカが言う。

〝それを見ればわかる。大人しくソウに抱かれておるであろう？〟

蒼はそれ、と指された小竜を見つめた。小竜は蒼の腕の中できょとんと眼を見開いている。

「この子に懐《なつ》かれると、ヴァルトス様に気に入られた事になるんですか？」

〝そうだ。それの意思はヴァルトス様の意思だからな〟

よくわからないながらも、小竜はヴァルトスが溺愛《できあい》するペットとかそういうものなのだろうと蒼は適当に納得した。

「そうなんですか。ありがとうございます。君も、ありがとう」

蒼はにこりと微笑むと、小さな躯を両手で持ち上げた。よく愛猫にしてやっていたように、鼻先にキスをする。

その途端、小竜が首の回りを飾る鱗を逆立てた。尻尾もぴんと硬直させ、くりくりとした眼をまん丸に見開く。オルカもまた顔を引きつらせ、咳払いをした。

〝あー、とりあえずは一族と同じように生活してもらおう。この部屋を使え。問題は――〟

オルカがテーブルに手を突いて、厚みのある躯を乗り出した。首元に顔を寄せられ、蒼はぎょっとして身を竦める。

「な、何ですか……？」

すん、と蒼の匂いを吸い込んだオルカのサファイアの瞳が小竜と同じようにとろりと蕩《とろ》けた。

〝――この匂いだな。まずは、躯を清めて着替えろ〟

寝室の奥にある浴室に案内され、蒼はボロボロになった服を脱ぎ捨てた。湯船に半分程満たされていた水を使い、血塗《ちまみ》れの躯を清める。

さっぱりして寝室に戻ると、寝床の上にオルカと同じ、膝下まであるブーツやタイトなズボンが並べられていた。チェニックのように丈の長い上着は革製で、縁にファーが覗いている。手の甲まである袖の先には小さな金の指輪が付いており、中指に引っ掛けるようになっていた。

寝室には窓がないので、光を入れる為扉が開けっ放しになっている。新しい服を身につけながら、蒼は思い出したように隣室で待っているオルカに尋ねた。

「そうだ、あれは、あの黒い獣は何ですか？　此処にはあんなものがたくさんいるんですか？」

〝魔物の事か？〟

「魔物……？」

歯を剥きだした黒い獣の姿を思い出すと、ふるりと躯が震えた。もう傷は残っていないのに、腕が微《かす》かに疼《うず》く。

〝あれは我々とは対極にある生き物だ。地下で繁殖し、無差別に生き物を喰らう。パラディソスに侵入する事は滅多にないが、気を付けろ。魔物は竜より鼻が利く〟

耳慣れない単語に蒼は首を傾げた。

「パラディソス……？」

〝ああそうか、パラディソスが何たるものかもソウは知らんのだな。パラディソスは此処だ。竜の棲《す》む唯一の島。全ての竜の命の源。竜力を持つ鉱石、竜石から成る浮島。――パラディソスへようこそ、ソウ〟

青味がかった黒い結晶でできた竜の島、パラディソス《楽園》――。

短い単語を、蒼は噛み締めるように口の中で繰り返した。これが蒼が今いる場所の名前なのだ。

不意にオルカが顎を上げた。遠くから微かに竜の咆哮が聞こえてくる。

〝ああ、食事の時間だ。腹が減ったろう、行こう〟

蒼はまた小竜を肩に乗せ、オルカの後に従った。

途中、ヴァルトスの部屋の前を通過しようとして、蒼は思わず立ち止まる。

「オルカさん、扉が開けっ放しになっていますけど」

開いた扉の奥に、躯中に白い髪を絡ませ眠るヴァルトスの姿が見えた。行き過ぎようとしていたオルカが、ん？　と逞しい肩を揺らす。

〝ああ、空気が籠《こ》もらないよう風を通しているんだ〟

蒼には無防備すぎるように思われるが、オルカが平然としているところを見ると此処ではこれが普通なのだろう。

だが蒼の目には上半身裸のままのヴァルトスはひどく寒々しく見えた。

「あんな格好じゃ風邪をひいてしまいませんか？」

〝風邪？　……ああ、心配は要らぬ。俺たちには気温の変化に強いからな。雪の中だって裸で寝られる〟

同じ人間とは思えない頑強さである。オルカがそう言うのならいいのだろうとは思ったがどうにも気になってしまい、蒼はぐずぐずとその場に留まった。

「あの、上掛けを掛けてあげても構いませんか」

オルカは一瞬きょとんとしたが、すぐ厳《いか》つい顔を笑ませた。

〝好きにしろ〟

許しを得た蒼は足音を忍ばせヴァルトスの部屋に入った。オルカが言った通り天井から下がった布を揺らし爽やかな風が部屋の中を抜けている。

寝床の傍に丸めてあった薄い布を手に取り広げると、蒼はそっとヴァルトスに掛けた。

眠っているのをいい事に、ヴァルトスの整った顔をしげしげと見つめる。

――初めて見た時にも思ったけど、なんて綺麗な人なんだろう。

蒼は頰に落ちた白い髪をそっと搔き上げた。

すぐ戻ってこない蒼に、オルカが胡乱《うろん》な目を向ける。

――こんな人が俺の――になってくれればいいのに――。

〝ソ……ソウ？　本気か？〟

「え？」

振り返った蒼はオルカに凝視されていた事に気付き、何となく頰を赤らめた。

「ええと、何ですか？」

〝いや……いい。行こう〟

オルカがぎこちなく目を逸らす。蒼は名残惜《なごり》しげな一瞥《いちべつ》を投げ、ヴァルトスの部屋を後にした。

〝此処が食堂だ〟

更に数分歩き、オルカが開け放った扉の向こうには、食堂というイメージからはかけ離れた空間が広がっていた。

食堂は一言で言えば巨大な横穴だった。天井が呆れる程高く、広い。崖の半ばに開口した大きな入り口からは青い空と流れる雲が見える。

吹き込んでくる風に髪を煽《あお》られながら、蒼は奥に並べられた長テーブルの端に席を取った。蒼の他には老人がまばらに座っているだけで空席が目立つ。

老人がまた一人、若い女性に手を取られ入ってくる。その後ろから大勢の子供たちが歓声をあげ駆け込んできた。見知らぬ人間がいる事に気が付くと目をまん丸にし足を止める。

〝なんかいい匂いがする……〟

だが戸惑っていたのはほんの一瞬、一人が走り出したのを皮切りに、子供たちは我先にと小竜を肩に乗せた蒼へと突撃してきた。

〝いいにおーい！〟

三歳ぐらいの女の子が黒いズボンに包まれた足に抱き付き、そっくり返るようにして蒼を見上げる。その瞳の青さに一瞬見惚《みと》れ、蒼は気付いた。周りで押し合いへし合いしている子供たちはいずれも驚く程容姿が整っている。

特に輪から一歩離れた所にいる男の子はとびきり可愛いかった。ほけっと口を開けたまま蒼を見つめている。

六歳くらいだろうか。ふっくらとした薔薇色《ばらいろ》の頬と大きな金茶の瞳が人形のようだ。あちこち派手に跳ねている髪は艶々《つやつや》で、天使の輪が綺麗に浮いている。

蒼が思わず微笑みかけると、にこーっと笑い返してきた。

——可愛い。

思わず心の中で呟くと、子供は恥ずかしそうに友たちの陰に隠れ、くふんと笑う。

〝ねえね、お姉ちゃん、何処から来たの？〟

〝お姉ちゃん、誰？〟

またかと思いながら蒼は間違いを正した。

「こんにちは。あのさ、俺はお姉ちゃんじゃなくてお兄ちゃんだからね」

子供たちがぱかんと口を開け蒼を見上げる。オルカまで驚いた顔をしているのに脱力しつつも、蒼は自己紹介を続けた。

「名前は蒼。君たちは？」

子供たちが口々に名乗り始めるが、わあわあと重なり合う声のせいでどれ一つとしてまともに聞き取れない。

〝食堂では静かに！　ソウはね、ニンゲンよ。竜よりうんと柔らかくて力のない生き物。簡単に壊れちゃうから乱暴にしたらだめ。わかったら席に着きなさい〟

甘く柔らかな声に蒼が振り返ると、老人に手を貸していた華やかな美人がやってくるところだった。

二十代半ばくらいだろうか、剥き出しの肩を綺麗にウェーブを描いたストロベリーブロンドが覆っている。女性は蒼たちとは異なり、ビスチェのようなものを着ていた。そしてやはり、蒼より十センチ近く身長が高い。

女性の言葉に子供たちは目を見合わせた。

〝ニンゲンだって！〟

〝僕、ニンゲンって初めて見た！〟

〝ニンゲンってみんなこんなにいい匂いがするの？〟

不可解な反応に蒼は首を傾げる。

この子たちの驚き方は、まるで己が人間ではないかのようだ。

女性が手を叩き、子供たちを追い立てる。

〝ほらほら、ちゃんとお皿を持って席に着く！　皆が帰ってくる前に座らないと、おしおきするわよ〟

〝！〟

何がそんなに怖いのか、子供たちは青くなると大慌てで散っていった。

〝こんにちは、ソウ。あたしはマノリアよ。よろしく〟

「こんにちは。各務蒼です」

マノリアはすぐ傍にあった素朴な木の椅子に座ると、艶々の唇に蠱惑的《こわくてき》な笑みを浮かべ蒼の顔を眺めた。

〝うふふ、ちっちゃくて可愛いのね。おまけに凄い匂い。本当にお兄ちゃんなの？〟

蒼の眉間に縦皺が刻まれる。蒼とて男である。ちっちゃいと評されるのは嬉しくない。

「逆に俺の何処が女性に見えるのか教えていただきたいんですが。オルカもです。半裸の俺の姿、見ましたよね？　なのに何であんなびっくりした顔するんですか」

〝俺はその、随分胸が貧弱な女性だと思っていた〟

蒼は唇を引き結んだ。

どうやら皆が皆、蒼を女性だと思っていたらしい。

「一体どうしてですか。もしかして俺があなたたちより小さいからなんですか――？」

突然間近から聞こえてきた竜の鳴き声が、理由を尋ねようとする蒼の声を掻き消した。

吹き込んでくる強い風にマノリアの長い髪が乱れる。同時に腹を空かせた子供たちの歓声が湧き起こった。

〝クラティウス！　おかえりー！〟

〝わあい、チチの実だあ〟

反射的に振り向いた蒼は恐怖に凍り付いた。

壁に開口した巨大な穴に家程もある竜が飛来しようとしている。

大きな翼を羽ばたかせ竜が食堂に着地すると、マノリアが立ちあがり近付いていった。

竜は熟《う》れた果物がどっさり付いた房をくわえている。

〝ごっはん！　ごっはん！〟

足をばたつかせ大騒ぎをする子供たちに、竜が唸った。

〝食堂では静かに。それからありがとうございますは？〟

穏やかな声が頭の中で重なる。首を竦めた子供たちが口々に竜に礼を述べ始めた。

〝ありがとうございまーす！〟

〝ありがとう、クラティウス〟

竜の出現に驚いた様子も、畏《おそ》れる様子もない。

竜は運んできた果物を当たり前のようにマノリアに渡すと、後足でバリバリと首筋を掻き始めた。マノリアは果物の一番いい一房を取ると銀の皿に載せ、蒼の肩からテーブルの上へと下りてきた小竜の前に恭《うやうや》しく差し出す。残りの果物は年長の子が皆に配り始める。落ち着かない気分で不器用に果物を食べる小竜を眺めていた蒼は、ふと厭な視線に気が付き、また躯を強張《こわば》らせた。

竜が後ろ足を上げたままの格好で、じいっと蒼を見つめている。

やがてぱたりと後ろ足が落ちた。何かに操られているかのように竜が前進を始める。その視線は蒼の上にひたりと据えられたまま動かない。

空中で弄《もてあそ》ばれた記憶も新しい蒼が身の危険を覚え椅子を引いた時だった。

竜が突然姿を消し、一人の青年が出現した。

——え？

何が起こったのか理解できず、蒼はぽかんと青年を見上げる。

その青年は、甘やかな美貌の持ち主だった。襟元にファーをあしらった革のジャケットは胸の半ばまで開いており、厚い胸板がちらちら覗いている。

青年はつかつかと蒼に歩み寄ると、空いていた隣の席にするりと腰を下ろした。混乱している蒼に、にこりと魅惑的な笑みを向ける。

〃こんにちは〃
「あ、はい。こんにちは……？」
〃君が空から落ちてくるのを見たよ。いきなりあんな目に遭《あ》わされて、大変だったね。怖かったろう？　もう大丈夫？　落ち着いた？〃
優しくいたわられ、この世界に来てからずっと張り詰めていたものがふっと緩んだ。
「はい。お心遣いありがとうございます」
青年との距離が更に縮む。そっと肩を抱かれ、蒼はふるりと身震いした。
〃よかったらおわびをさせてくれないか？〃
「……おわび？」
〃食事の後、時間ある？〃
耳元に注ぎ込まれる甘い囁きに鳥肌が立った。思わず身を引くと、青年はようやく気が付いたかのように蒼に向かって傾いていた躯を伸ばした。
〃ごめんね。厭だった？〃
「そんな事、ないです、けど……近すぎ、です。はは、何か口説かれているみたいで、その」
〃みたい、じゃないよ。僕は君を口説こうとしているんだ。僕の恋人になって欲しいと思って〟

蒼は固まった。

「あ——そうか、あの、俺、小さいですけど男ですよ。女性じゃありません」

もしかしてこの人も間違えているのだろうかと思いつき性別を告げると、青年は案の定、柔らかな茶色の眼を見開いた。だがすぐまたにっこりと微笑む。

〝そうなんだ。——それで、どう？　ソウは僕みたいのは好みじゃない？〟

「えっ」

〝君さえよければ午後を一緒に過ごしたいな。とっときのお茶をご馳走《ちそう》するよ。君が許してくれれば、地上で一番美しい花を摘んでくる〟

「花……？」

——この人、男同士でも構わないのか？

あなたのせいよ、あたしの血筋にはこんなのいないもの。

不意に母の声が耳の奥に蘇り、蒼は瞬いた。

蒼、あんたは各務の家を継がなくちゃいけないんだから、馬鹿な事言ってないで早くまともになってちょうだい。変な噂が広まったりしたら、妹の縁談にだって差し障りが出るのよ？　そうだ、お母さんのお稽古の教室にとっても素敵なお嬢さんがいるの。紹介してあげるから――。

空気が、張り詰める。

ふと気が付くと、オルカも小竜も身じろぎもせず蒼を見つめていた。

青年が無言で蒼の手に手を重ねる。蒼はひくりと躯を震わせたが、逃げようとはしなかった。

青年がひどく優しい笑みを浮かべる。

〝僕は君が雌であろうと雄であろうと構わないんだ。ね、まずはパラディソスを案内してあげるよ。いいだろう？〟

蒼はぼうっとした顔で頷きかけたが、甲高《かんだか》い声の持ち主が邪魔に入った。

〝だめっ〟

いきなり青年の躯が大きく揺れる。

さっき恥ずかしそうに笑っていたとびきり可愛い子供が青年を横からぐいぐい押し、蒼の席から引き離そうとしていた。

「ええと、君……？」

〝だめっ、ソウ、絶対だめだからねっ〟

〝こら、いいところなんだから邪魔するな、ヒナ〟

争う二人に、新たに淡々とした声が加わる。

〝駄目ってのには同感だがヒナ、此処は子供の出る幕じゃない。お友達の所に戻りなさい。

――ソウ、こんな奴の花なんて受け取ってはいけない。パラディソスの案内は私がしよう。君さえよければ背中に乗せて、空からパラディソスを見せてあげる〟

蒼の斜め前の椅子が引かれ、燃えるような赤毛を逆立てた青年が腰を下ろした。突然声をかけられ驚く蒼に熱い視線を送ってくる。

〝二人とも抜け駆けするなんて狡《ずる》いんじゃない？　ねえ、ソウ、君の世界の話が聞きたいな。もちろんこいつら抜きの二人きりで、ね〟

気怠《けだる》い声に振り向くと、いつの間にかもう一人、プラチナブロンドを腰まで垂らした青年が蒼の背後に立っていた。

蒼は混乱する。

蒼を取り囲む青年たちは、ヒナを除けばどれも蒼など口説かなくてもいくらでも綺麗な女性が寄ってきそうな長身の美形揃いだ。それなのに何故わざわざ蒼のようなちびで大して見栄えもしない男の気を惹こうとするのだろう。まるで理解できない。

きゅいきゅいい。

可愛らしい声が食堂の天井に反響する。それまで静観していた小竜が、テーブルを尻尾で叩いた。

〝はい其処まで！　皆ソウから離れてちょうだい。ヒナ、あなたもよ〟

子供たちの世話をしていたマノリアがヒールの音を響かせ戻ってきた。

〝マノリア様、邪魔しないでください〟

〝そうです。恋愛は自由な筈だ。たとえあなたでも邪魔をする権利はない〟

「恋愛!?」

〝とにかく、今日はだめ。ソウはまだ此処の事が何もわかってないんだからフェアじゃないわ。それにソウはヴァルトス様の客人、勝手な真似はあたしとオルカ様が許しません〟

マノリアが腰に手を当て胸を反らすと、青年たちは渋々席を立った、空いた席に腰を下ろし、マノリアが蒼へと向き直る。

〝大丈夫？　はいこれ、ソウの分のご飯よ。いっぱい食べて元気をつけて〟

差し出された皿には様々な種類の果物が盛られていた。だが蒼はそれどころではない。

「何だったんですか、今のは。あの人たち、男ですよね？　俺、男なのに、どうして恋愛なんて……」

〝あら、雄同士だと恋をしちゃいけないの？〟

にっこりと微笑まれ、蒼は絶句した。

「ええと……その、子供ができないし、俺のいた所では同性同士の恋愛は禁忌《きんき》とされていて……」

〝あらそうなの？　でも竜は雌の数が圧倒的に少ないから、そういう禁忌はないの。雌を得られなかったからといって一生一人で暮らすのは淋しいでしょう？　だから、いいのよ〟

「え、いいん、ですか――？」

いやそれより、竜だって――――？

「あの人たちは竜なんですか？」

まさかと思いつつ尋ねた蒼に、マノリアは眼を見開いた。

〝あら知らなかったの？　この島で暮らしているのは全員竜よ〟

「つまり、あなたも……ヴァルトス様やオルカさんも、竜で――あんな風に変身できる？」

マノリアが、弾けるような笑い声をあげた。

どうやら、空から落下していた時蒼を取り合っていたのは竜――この島に住むヒトだったらしい。

〝ゾウは雌より雄の方が好きなニンゲンなんだな〟

それまで黙って眺めていたオルカが蒼の皿から一つ果物を掠《かす》め取り口に運んだ。

「そんな事……っ」

蒼は反射的に否定しようとしたものの、途中で言葉を呑み込んでしまう。

「なくは、ない、ですけど……」

黒い瞳が伏せられる。厭なイメージがまたふっと脳裏に浮かび上がってきた。

――蒼、ちょっと此処に座りなさい。

厳しい表情の祖父が座卓の向こうに座っている。父も母もいて、息が詰まりそうな雰囲気だった。蒼は絶望的な気分で家族を見回す。

適当に誤魔化したりなんか、したくなかった。

家族には本当の自分を理解して欲しかった。

でも彼らは歪《いびつ》な自分の在り方を容認してはくれない。

マノリアの手がいたわるように蒼の肩を撫でる。

〝あらじゃあよかったじゃない。パラディソスでなら、蒼はどんな雄でも選り取りみどりよ〟

「どういう意味ですか？」

〝やだソウってば気付いていないの？　自分がどんなに魅惑的な匂いを発しているか〟

蒼は襟元を摘んで引っ張ると、自分の匂いを嗅いでみた。

「……香のような匂いが微かにする……かな……？　俺にはそんないい匂いがするように

は思えないんですが、皆、何故俺の匂いをそんなに気にするんですか？」

マノリアは肩を竦めた。

〝ニンゲンだからなのかしら。ソウはあたしたちとは随分感覚が違うみたいね。いい？ソウはね、とってもいい匂いを放っているの。恋の季節に雌が雄を誘う匂いに似てるけど、もっと純粋で強い匂い〟

思いがけない言葉をうまく呑み込めず、蒼はマノリアを見つめ返した。

「発情期の雌？」

皆が蒼を女性と間違えたのは、小さいからではなかったらしい。

〝そうよ。雄たちはもうあなたにめろめろよ。きっと次から次へと求婚されるわ。でも意中の人がいるなら、他の雄は遠ざけなさい。雄竜はとっても嫉妬深いから〟

蒼は目の前に盛られた果物を見つめた。熟れた果物の甘い匂いが何種類も混ざり合い鼻《び》腔《こう》をくすぐる。

——マノリアの言っている事は、本当なんだろうか。此処でなら自分にも恋ができるんだろうか。

枷が、弾ける。蒼は目が覚めたばかりのような顔で、新しい世界を見回す。

人の姿をとった竜は、やたら体格が良い以外は人間と変わらないように見えた。

〝さあ考えていないで食べて、ソウ。でないと子供たちに食べ尽くされちゃうわよ〟

「あ、はい……」

ぼうっとしたまま蒼は皿へと向き直る。適当に一つ取り、皮を剥いて口に運ぶと、ねっとりとした甘さが口の中に広がった。

おいしい。

思わず蒼が微笑むと、オルカやマノリアも目元を緩める。

果物は芋のようにこってりしていたり、檸檬《レモン》のように酸味があったりとバリエーションに富んでいた。飽きずに食べられるが、その代わり食卓には果物以外の肉や魚は一切ない。竜たちは果物しか食べないらしい。

蒼が食べている間にも、竜たちが次々と飛来しては果物を下ろしていく。

皿がテーブルに置かれる音、子供たちの笑い声。食堂に快い喧噪《けんそう》が満ちる。

年老いた者たちは子供たちをまるで孫のように可愛がり、面倒を見てやっていた。果物を運んでくる竜たちには、獣じみたところなど欠片もない。陽気な軽口を叩いたり、あるいは行儀の悪い子を叱りつけたりして、立派な年長者として振る舞っている。そして子供たちは皆、何処に入るのか不思議になる程果物をたくさん頬張る。

「此処で食事をするのは子供と老人だけなんですか？」

竜たちがヒト型になる事なくまた去っていくのを見送りながら蒼は尋ねる。

〝そうよ。此処で食事を取るのはまだうまく飛べない子供と老人、あとは目を離せない子供を抱えた母親とか他に役目があってパラディソスから出られない者ね。飛行できる者は自分で食べ物を探して、大抵は地上で食べてきちゃうの。でもこの時間になると必ず果物を一抱え持って食堂に来る。そういう風にヴァルトス様が決めたのよ〟

うまいな、と蒼は思う。

つまり竜たちは、自分では食べ物を確保できない弱者を一族全体で養っているのだ。

一抱えでいいのなら、個々の竜の負担は僅《わず》かだ。一番の重労働である食糧の確保に必死にならずに済めば、親は余裕を持って子供を育てられる。毎日食堂で一族の者と顔を合わせるなら、竜たちのコミュニティへの帰属意識も強くなるだろう。

理想的な家族的コミュニティが、此処には確固として成立している。

〝お腹いっぱいになった？〟

綺麗に果物を平らげた子供たちにマノリアが声をかける。

〝はーい！〟

〝ごちそうさま！〟

〝お兄ちゃん、またね！〟

食事を終えた子供たちがぎゅっと蒼の腰に抱き付き、胸一杯に蒼自身にはよくわからない匂いを吸い込んでから開口部へと走ってゆく。

開口部の外は崖だ。どうするつもりだろうと思いつつ蒼が見ていると、子供たちは何の躊躇いもなく空中へと身を躍らせた。

「あ……」

小さな躯が見る見るうちに形を変える。小振りの竜となって、青い空へと飛び去っていく。

＋　＋　＋

闇の中、ヴァルトスがエメラルドグリーンの眼を開くと、世界は甘い香で満ちていた。とてもあたたかく柔らかなものがヴァルトスを包んでいる。もそもそ身じろいでみて、己が蒼の女性のように華奢《きゃしゃ》な腕の中にいるのに気が付くと、ヴァルトスは憮然《ぶぜん》とした。

〝この私をぬいぐるみ扱いするとは……〟

蒼はヴァルトスを抱き締め、寝床の中で丸くなっていた。顔を真っ赤に染め、毛皮を固く躯に巻き付け震えている。おそらく強引に怪我を治した揺り戻しで、熱が出たのだろう。

ヴァルトスはしげしげと蒼の顔を見つめた。

瓜実型《うりざねがた》の顔は小さく、細身の体型と相まって実際以上にコンパクトな印象を与える。顎のラインで跳ねている癖の強い黒髪は元気だが、一重の目元には鬱屈《うっくつ》した影があった。

小さな躯はいかにも弱々しく、迂闊《うかつ》に触れれば壊れてしまいそうだ。

魅力的な匂いに蝕《むしば》まれともすればぼやけそうになる意識を引き締め、ヴァルトスは高圧的に囁きかける。

〝そなた、何者だ〟

——蒼。

暗く、寒々しい場所に青年が一人ぽつんと立っているイメージを受け取り、ヴァルトスは眼を眇めた。

〝どうやって私を目覚めさせた〟

——？

ヴァルトスの声に含まれる忌々《いまいま》しげな響きに反応し、青年が身を竦ませる。仕方なくヴァルトスは声を和らげた。

〝私は深い眠りの底に在り、目覚める気もなかった。なのに気が付いたらそなたを助ける為、刀を持って飛び出していた。今も——〟

ヴァルトスは忌々しげに身震いする。

〝そなたが気になってならない〟

甘い香に狂わされ、ヴァルトスはこの者を抱きたいという欲に絶え間なくせっつかれていた。どんな雌にもこれ程までに魅了された事はない。

〝そなた、私に一体何をした？〟

闇の中に白い燐光《りんこう》が生まれる。きらきらと光を放ちながら刀を持ったヴァルトスの姿になる。

助けられた事を思い出したのだろう、人形のようだった蒼の顔から暗い影が払拭《ふっしょく》され、ヴァルトスへの好意に満ち溢れた笑みが現れた。

――あの、ありがとう――。

純粋な思慕と憧憬《どうけい》の念を浴び、心がふわりとあたたかくなる。だがヴァルトスは剣呑《けんのん》な目つきで蒼を睨み据えるのをやめない。

〝感謝など要らぬ。そなたは私に何を望んでいるのだ？〟

蒼はヴァルトスの立像をうっとりと見つめた。

――何も。何も望んでなんかいません。ただ――。

言葉が、途切れる。

言いたくなくても心の中には障壁がない。思いは全て露《あら》わになってしまう。

――こんな人が、恋人になってくれればいいのにと、ほんの少し思っただけ。

伴侶《はんりょ》など得るつもりのないヴァルトスは眉を顰めた。見える筈がないのに、蒼は諦念《ていねん》の滲む笑みを浮かべ言葉を連ねる。

――すみません。男に好かれたって気持ち悪いだけですよね。

夢は容易《たやす》く変容する。

先刻までヴァルトスの姿があった場所に次々と色んな人が現れた。年齢も性別も様々だったが、彼らは一様に侮蔑の表情を浮かべ蒼を見下していた。

――あの、俺、もう、消えます。厭な思いをさせて、すみませんでした。

哀しげに俯《うつむ》く蒼に、ヴァルトスは眉を顰める。

〝そなたにとって、ひとを好きになるのは、悪い事なのか？〟

即座に答えが返ってきた。

――悪い事です。俺は、まともじゃないから。

〝どうまともではないのだ〟

――同性しか、好きになれない。

蒼はヴァルトスから顔を背ける。

〝同性を愛するのは悪い事なのか？〟

――ええ。親にだって気持ち悪いって言われる。気付かれたら友達にだって避けられるようになる。

〝そなたの世界にはそなた以外に同性を愛する者はいないのか〟

――います。でも俺の傍にはいませんでした。探す勇気も俺にはない。

今度は粗野《そや》な雰囲気の青年が現れた。四角い板を眺めながら耳障《みみざわ》りな笑い声をあげ、乱暴に蒼を小突く。

見ろよほら、この掲示板。男が男の恋人募集しているぜ。写真載せたりして気持ち悪いな。おまえもこういうの利用したりしてんのか？　なあ、何とか言えよ。

蒼が唇を噛む。

ウェブで恋人を探したりなんか、しない。

しない、けれど。

蒼はずっと蒼だけの特別な『誰か』を欲していた。

蒼を理解し、受け容れてくれる人を。

でも蒼の世界にそんな人はいなかった。

放射される哀切《あいせつ》な感情に引きずられそうになり、ヴァルトスは眉根を寄せる。

高齢の両親は蒼が早く結婚する事を望んでいた。早く孫を抱きたいと言い、蒼を『更正』させようとした。

傍でうるさく言い聞かせていればそのうち蒼も折れ、適当な女性と結婚するだろうと彼らは思っていた。だがヒステリックにぶつけられる『善意の』言葉に蒼は磨り減ってゆく。

物欲しげな眼差しがヴァルトスへと向けられる。

だが希求《ききゅう》する心とは反対に、蒼はゆっくりとヴァルトスから後退《あとずさ》っていった。

この人が欲しいと思う。でも迷惑を掛けたくはない。遠くから見ている事だけ許してくれればそれでいい。

ふっと暗い場所のイメージが消え、けほ、と咳き込む音が聞こえた。蒼の瞼《まぶた》が開き、ヴァルトスを捉える。

蒼はすぐには自分が何処にいるのか思い出せず、辺りを見回していたが、やがてことりと毛皮の上に頭を落とした。

水が飲みたいな。

そう蒼は思う。だが横たわったまま起き上がろうとはしない。

蒼はこの部屋の何処にも水がない事を知っていた。テーブルの上に置かれている水差しも茶器も乾ききっており、浴室にさえ水は一滴もない。ない訳がないのに、蒼はどうしても水栓を見つける事ができなかったのだ。

――――ふん。

闇の中、ヴァルトスは忌々しげに鼻を鳴らすと、そっと蒼の腕の中から抜け出した。

「ちび、ちゃん……？」

不安げな声を背に受け、足を引きずりながら歩く。硬い床に当たった爪が、カツ、カツツ、と不規則な音を立てた。

寝室を出て、テーブルをよじ登り、茶器を一つ口にくわえる。扉を開けたせいで月明かりが漏れ入るようになった寝室へよたよたと戻ると、ヴァルトスは蒼の前に茶器を置いた。

不思議そうに瞬き身を起こした蒼の前に座り、茶器に前足を翳してみせる。

小さな水音と共に器に水が満ちた。

「え……？　今まで空だったのに」

訝れた声で訝りながらも、蒼は震える手で茶器を取った。余程喉が渇いていたのか、一気に飲み干してしまう。

もう一度茶器に満たされた水を飲むと、蒼は寝床にまた横になった。荒い息をつきながらヴァルトスへと両手を差し伸べる。

むっつりと唇を引き結んだものの、ヴァルトスは蒼の手の届く場所まで歩み寄った。

火照った腕が小さな躯を捕らえ、寝床の中へと引きずり込む。溺《おぼ》れる人のように鱗に覆われた躯をしっかりと抱き締め目を閉じた蒼を、ヴァルトスは思わしげに眺めた。

＋　＋　＋

〃昨夜熱を出したと聞いたぞ。いや悪かった。水ぐらい用意しておくべきだったな。これからは気を配ろう〃

まだ誰にも言っていないのに、どうしてオルカが熱を出した事を知っているんだろう。小さな疑問を覚えたものの、蒼はすぐに忘れてしまった。そんな事にかまけている場合ではなかった。オルカが浴室で入浴の準備をしている。

蒼は目の前で繰り広げられている驚嘆すべき光景に心を奪われていた。

オルカが湯船の上に掌を翳すと、何処からともなく水が集まってくる。空中でバスケットボール程の大きさに育った水球はよじれたラインを伸ばし、湯船へと水を注ぎ込む。

〃どうした、ソウ〃

「あの、オルカさん、これは一体、どうやっているんですか？　竜はその、魔法を使えるんですか？」

言葉にしてみた途端、蒼は声を出して笑いだしたくなった。

――魔法だなんて！

〝魔法、というものは知らぬな。これは竜力《りゅうりょく》で水を呼んでいるのだ〟

「竜力？　昨夜ちびちゃんが水を出してくれたんですが、それも竜力を使っていたんでしょうか？」

〝ちびちゃん……？　あー、まあ、そうだな……〟

オルカが何ともいえない顔で、蒼の腕にしがみついている小竜を眺める。小竜は慣れたのかもう蒼の匂いに恍惚となる事もなく落ち着いていたが、オルカと眼が合うと首の回りの鱗を逆立てて威嚇《いかく》した。

「あの、できれば水ではなく湯を湯船に張って欲しいんですけど、難しいですか？」

〝いや。これでどうだ？〟

驚いた事に水球から落ちる湯が白い湯気を纏い始めた。湯船に溜まった水に手を浸すと、徐々にあたたかくなってゆくのがわかる。

「練習すれば俺にもこういう事ができるようになるんでしょうか」

蒼が期待に満ちた眼差しを投げると、オルカは逞しい腕を一振りし、湯を止めた。

〝無理だな。竜なら生まれつき竜力が備わっているものだが、蒼には欠片もない〟

「見ただけでわかるんですか？」

〝わかる。ソウにはわからぬのか？〟

問い返され、蒼は肩を竦めた。蒼の目には竜たちは皆、人間と同じように見える。

「ヴァルトス様が俺の怪我を治したのも、竜力に拠《よ》るんですか？」

〝ああそうだ。普通の竜にはあれ程の事はできぬのだがな。ヴァルトス様は特別に力が強く、制御がうまい〟

「凄い方なんですね、ヴァルトス様は」

紅玉の瞳を思い出し、蒼は薄く微笑んだ。あんなにも綺麗で強い上に特別な魔法を使えるなんて、本当に凄い。

オルカはもう一度胡乱な眼を小竜に向けると、何かあったら呼べと言い置いて帰っていった。

熱いうちに風呂を堪能しようと、蒼はいそいそと服を脱ぎ捨てる。

小竜はそそくさと外に出ていこうとしたが、閉まった扉に阻《はば》まれた。扉の表面をかりかり掻いている小竜を、全裸になった蒼が抱き上げる。

「おいで。綺麗にしてあげる」

ぎょっとした小竜は翼をばたつかせ逃げようとしたが、蒼は小竜を胸に抱きかかえるようにして押さえ込んだ。きゅーきゅー鳴いて暴れる小竜の硬い鱗の表面を固く絞った布で磨いてやる。

「ほら、鱗の隙間《すきま》に果物の皮が挟まっている」

小竜を尻尾の先まで綺麗にしてやってから、蒼は自分も湯を使い寝汗でべたついていた躯を流した。ゆっくり湯に浸かってから、ぐったりとしている小竜を小脇に抱えて浴室を出る。

窓辺に立ち、思いきり躯を伸ばす。

窓のすぐ外に青い花が咲いているのに気が付き、蒼は身を乗り出した。一輪だけ摘み取り鼻先に近付けてみる。思いの外甘い香りが鼻腔に抜け、蒼は小さく微笑んだ。

「いい匂い」

上着をきちんと着込み手櫛《てぐし》で髪を整え、蒼はソファに寝そべった小竜の前にしゃがみ込む。

「ちびちゃん。この辺を散歩しようと思うんだけど、来るか？」

小竜はひどく人間くさい仕草で溜息をついたが、置いていかれるのは厭らしい。のそのそと蒼に歩み寄り上腕に留まる。日本人らしく肉の薄い蒼の腕に螺旋《らせんじょう》状に尻尾を巻き付け落ち着いたのを見計らい、蒼はしんと静まり返った廊下へと出た。少し歩くとすぐヴァルトスの部屋がある。

同族しかいない安心感からか、扉は相変わらず無防備に開け放たれていた。誰もいないのをいい事に、蒼は足音を忍ばせヴァルトスの部屋に入る。

枕元に膝を突き、静かに眠る男の寝顔を見つめる。

昨夜は久し振りに夢を見た。内容はもう思い出せないが、確かにこの人が出てきた。

白い睫毛に薄く色付いた唇。完璧に整った横顔は神々しい程美しく、触れる事すら躊躇われる。

パラディソスに来てから色んないい男を見たが、蒼にとってヴァルトスはやはり特別だった。

何もかもを見通すような鋭い眼差し。綺麗に筋肉がついた伸びやかな四肢。蒼の手首を捕らえた掌の熱さ。のしかかってくる男の体重。淫靡《いんび》に蠢く舌――。

蒼は熱い吐息をついた。

記憶を反芻《はんすう》するだけで、どうにかなってしまいそうだ。

「早く目覚めてくれればいいのにな」

淋しげに呟くと、小竜がきゅいっと小さな鳴き声をあげた。

「しーっ」

軽く小竜の頭をつつき、蒼は持ってきた花をヴァルトスの鼻先に置く。甘い香りが目覚めを誘ってくれればいいいと願いつつ肩からずり落ちていた上掛けを直すと、蒼はまた静かに部屋を出た。

徐々に蒼の気配が遠ざかる。足音すら聞こえなくなってからしばらく後、不意に青白い瞼の下から血のように赤い瞳が現れた。力なく投げ出されていた腕がゆっくりと持ち上がり、絡む純白の髪を掻き上げる。

気怠げに身を起こすと、ヴァルトスは今まで寝ていた敷皮の上を見つめた。青い花がぽつりと一輪だけ置いてある。

全身に髪を纏い付かせたままヴァルトスは微動だにせず花を見つめていたが、やがてそっと摘み上げ鼻先へと運んだ。

花に、蒼の甘い残り香が絡み付いている。

〝ふん。この私に花を贈るとは身の程知らずな奴だ〟

春の匂いを含んだ風が天井から下がった布を揺らす。長い間眠っていたせいでふらつく躯を壁に預け、ヴァルトスは眼を閉じた。己の魂の片割れへと意識を繋ぐ。

蒼は小竜と二人、通路の奥へ奥へと進んでいた。蟻《あり》の巣のように曲がりくねった通路のせいで方向感覚はとうに失われ、自分がどっちの方角へ向かっているのかすらわからない。適当に進んでいくと遙か先に明るい自然光が差し込んでいるのが見えた。通路の壁が数メートルに渡って崩落し、柔らかな風が吹き込んでいる。

砂っぽい床を踏み開口部に近付くと、歪《いびつ》なすり鉢型をしたパラディソスの内壁が一望できた。大小様々な竜が寝そべりひなたぼっこをしている。

晴れ渡った空を竜が飛翔《ひしょう》してゆく。怖ろしげな外見に反し、パラディソスの竜たちの暮らしは穏やかだ。成竜は滅多にヒト型にならず、夜も竜型のままこの窪地で眠るらしい。いかにも異世界らしい景色に目を細めていると、小さな竜が二匹、蒼のいる通路へと飛び込んできた。

〝何してんの？〟

〝何処行くの？〟

ふんふんと蒼の匂いを嗅ぎながら口々に尋ねる。

散歩だよ、と答えると、いきなり一匹が消え、幼い子供の姿が現れた。

〝あのね、ぼくもお散歩したい。一緒に行っていい？〟

金茶の髪に蒼は見覚えがあった。以前食堂で、男たちの求愛を阻止しようとしてくれた子だ。

可愛らしくねだられて、蒼に断れる訳がない。

〝トゥリフィリもー！　トゥリフィリも案内してあげる！〟

友達なのだろう、もう一匹の竜も子供へと姿を変えた。

「あー、ありがと。ええと、お名前は？」

〝ヒナ〟

〝トゥリフィリ！〟

トゥリフィリは明るいプラチナブロンドを短く刈り込んだ活発そうな男の子だった。いかにもおっとりしていそうなヒナとは対照的なタイプだ。

両側から手を握られる。大人たちに慈《いつく》しまれて育つせいだろう、此処の子供たちは物怖《ものお》じする事を知らず人懐っこい。

〝何処に行く？　何処に行きたい？〟

蒼は少し思案した。

「んー、地上を見下ろしてみたい、な」

竜たちの間を落下していた時、ちらりと見えたこの世界は美しかった。

〝いいよ。こっち！〟

子供たちが走りだす。

手を引かれ、蒼も小走りに通路の奥へと進んだ。何回も方角を変え、時にはただの洞窟のような場所を抜ける。やがて通路を吹き抜ける風が強くなり、ぼんやりとした灯りが自然光へと取って代わった。

腰の高さに開口した穴に駆け寄り、二人の子供が外を覗く。

穴の外には雲が流れ、その隙間から緑の野や白い雪をいただく山が見えた。時々成竜が悠然と視界を横切ってゆく。

〝ソウ、見て。花が咲いてる。ソウは白い花、好き？〟

ヒナが指さした先には岩にしがみつくようにして素朴な花が咲いていた。白い花弁が強い風に震えている。

「好きだよ」

〝パラディソスはね、昔はもっと高い場所を飛んでいたんだって。でもだんだん竜力が減ってきて、今の高さになったんだってママが言ってた〟

「パラディソスは竜力で浮いているのか？」

蒼の質問に、二人の子供は呆れたような顔をした。竜たちにとっては常識らしい。

〝そだよ。竜が飛べるのも、竜力のお陰なの〟

〝トゥリフィリたちの鱗は、竜石でできているんだって！〟

そう言われれば確かに竜たちの翼はそれなりに大きいが巨体を支えられるだけの大きさはない。足りない浮力は竜力で補われているのだろう。

「あれは――何だ？」

飛んでいた数匹の竜が一斉に向きを変えた。下降していく先に、小さな黒い点が見える。空を飛んでいるものがあるのは確かだが、竜ではないようだ。

身を乗り出した子供たちのなめらかな眉間に皺が寄った。

〝魔物だよ〟

「――魔物!?」

ぎょっとして蒼は眼下を見直す。

黒い点の近くまで舞い降りた竜たちは火を吐き魔物を灼《や》いていた。魔物はあっという間に燃え尽き、風に散ってゆく。

〝だいじょーぶ。怖くないよ。此処まで上ってくる前に灼かれちゃうもん〟

ヒナがぎゅっと蒼の腰にしがみついて安心させようとする。強張った笑みを浮かべ、蒼も小さな背中に手を回した。

「あの魔物、此処に来ようとしていたのかな」

〝そうかもね。でもパラディソスには来られないからへーきだよ、ソウ〟

〝でも、トゥリフィリのママ、言ってた。最近魔物の数が多くて、灼くのが大変って〟

蒼の顔が強張る。魔物に襲われた時の恐怖はまだ、蒼の中に鮮やかに焼き付いている。

〝ばかっ〟

ヒナがいきなりひよこのような頭をぽかりとぶった。トゥリフィリが大きな青い眼を見開き、両手で頭を押さえる。空を映したような色の瞳に見る見る涙が浮かんできた。

おっとりとした雰囲気のヒナが見せた暴挙に蒼もびっくりしてしゃがみ込む。

「ぶったりしたら駄目だろ、ヒナくん」

蒼がえぐえぐと泣き始めたトゥリフィリを抱き寄せると、ヒナがむうっと唇を尖らせた。

〝だってソウは魔物が怖いのに、トゥリフィリが余計な事言うから……〟

どうやらヒナは蒼を気遣い、余計な事を言うトゥリフィリを黙らせようとしたらしい。

「あのさ、心遣いは嬉しいけど、お友達は大事にしなきゃ。な？」

ヒナは頬を膨らませ、服の裾を握り締めた。ヒナの眼にも涙が溜まり始めたのに気が付き、蒼は困ったような笑みを浮かべる。

「しょうがないなあ、ヒナは。もうこんな事をしたら駄目だぞ」

天使のような子供を抱き寄せ、金茶の前髪を掻き上げる。かつて幼かった妹が泣きわめいた時にしてやったのと同じようになめらかな額に唇を押し当てると、ヒナの頬が薔薇色に色付いた。

〝ソウ……っ！〟

トゥリフィリが驚いて大きな声をあげる。

蒼の腕にしがみついていた小竜の口ががぱかんと開いた。

ヒナはしばらく頬に両手を押し当てほけっとしていたが、いきなり何を思いついたのか空に繋がる穴によじ登った。

〝あのね、ちょっとだけ待ってて、ソウ〟

蒼はヒナが外に出ようとしているのに気付くと青くなった。此処は雲よりも高い空の上だ。落ちたら大変な事になる。

引き戻そうととっさに手を伸ばしたが間に合わない。

「ヒナくん！　危ないから戻って……っ！」

険しい岩の縁を危なっかしく歩いていく姿に蒼はぞっとした。ヒナを追いかけようとする蒼を、トゥリフィリが慌てて腰にしがみついて止める。

〝ソウ、危ない！　ヒナならへーきだよ。飛べるもん〟

「あ……そっか……。いやでもどっかに飛ばされたりしたら……」

蒼の心配をよそに、ヒナはしゃがみ込んで何かを拾うとすぐに戻ってきた。蒼に向かってぐいと手を突き出す。その手には先刻見た白い花が握り締められていた。

〝あげる〟

唐突すぎる行動に、蒼は目をぱちくりさせる。

「あー、ありがとう……？」

〝あ……っ〟

何気なく花を受け取ると、トゥリフィリと小竜が眼を剥いた。

「？　なに？」

〝ソウ、その花、髪に挿して。おねがい〟

思わず蕩けてしまいそうな程可愛い笑顔と共にお願いされ、蒼は首を傾げた。

「いや俺はお姉ちゃんじゃないから、花を髪に挿しても似合わないと思うぞ」

〝だいじょぶ、似合うよ？　じゃあね、ぼくが挿してあげるから、しゃがんで？〟

ヒナがぶら下がるようにして上着を引っ張る。蒼は訳がわからないままその場に膝を突いた。

〝貸して〟

花を取ると、ヒナは真剣な顔で蒼の髪を掻き上げ、耳の上に挿そうとする。

その花が、今度は背後からひょいと奪い去られた。

〝あっ〟

いつの間にか白皙《はくせき》の美貌の持ち主がヒナの後ろに聳《そび》えていた。

〝何をしている〟

「ヴァルトス様……!?」

一体いつ目覚めたのだろう。

ヴァルトスは眠っていた時とは違い、膝近くまである長い上着を着ていた。ウエストまでぴったりと躯に沿ったラインが、均整の取れた体躯を強調している。腰から下は、動きやすいようゆったりと広がっており、蒼と同じく細身のズボンの裾はブーツの中にきちんとしまわれていた。端然と整った姿だが、長い髪だけが大急ぎで飛んできたかのように乱れている。

凛々《りり》しい姿に見惚れている蒼を無視し、ヴァルトスは冷ややかにヒナを見下ろした。

「いつ起きていらしたんですか？　あの、その花、ヒナくんが取ってきてくれて――」

ヴァルトスが白い花を持った手を翳す。あっと思った瞬間、強くなった風がヒナの贈り物をもぎ取っていった。花ははなびらを散らしながら空中高く巻き上げられ消えてしまう。追いかける術《すべ》などない。蒼とヒナはただ茫然と花を見送った。

——酷い。

ヒナがくれた花をなくしたというのに、ヴァルトスはすまなさそうな顔をするどころか、非難するような眼を蒼に向けた。

〝花を贈るという事が何を意味するか、そなたは知っているのか〟

蒼はきっとなってヴァルトスに向き直った。

「——何かあるんですか」

〝花を贈るのは求婚を、受け取って髪に挿すのは気持ちを受け容れた事を示す。そなた、婚姻が成立したら、たとえ道が見つかっても元の世界へは戻れなくなるぞ〟

蒼は首を傾げた。

「どうして花を受け取ったくらいで帰れなくなるんですか」

〝パラディソスの理《ことわり》だ〟

なんだ、それは。

「何であれヴァルトス様、ちゃんとヒナくんに花をなくした事を謝ってください」

蒼の言葉に、ヴァルトスの表情はますます険しくなった。

〝——そなた、ヒナの求婚を受ける気だったのか?〟

「馬鹿な事を言わないでください。『結婚しよう』なんて、子供がよくやるごっこ遊びでしょう？　そんなものを本気に取るなんてどうかしています。それよりヴァルトス様はヒナくんの物をなくしたんです。謝るのが当然じゃありませんか？」

〝ごっこ遊びじゃないもん！〟

子供特有の甲高い声が空に響いた。同時に腰に抱き付かれ、蒼がよろめく。

「ヒナくん？」

〝ぼく、ソウをお嫁さんにするんだもん！〟

――――はい？

頬を膨らませヴァルトスを睨み付けるヒナに蒼は眉尻を下げた。丸っこい拳がぷるぷる震えているが、あくまで引く気はないようだ。

ヴァルトスが大人げなくヒナを睨み付ける。

〝ヒナ。そなたはまだ子供だ〟

〝子供じゃないっ。少なくともソウよりずーっと年上だもん！〟

「え、ヒナくんって何歳？」

〝五十八歳〟

「ええ!?」

信じられない数字に蒼は目眩《めまい》を覚えた。

〝ソウは何歳？〟

「二十二歳だけど……」

〝そっか。じゃあぼくの方が随分年上になっちゃうけど、ソウは気にしないよね？　ぼくと結婚して？〟

「え……？」

ヒナが蒼の腹に顔を押しつけてくる。幼い仕草で甘えながら横目でヴァルトスをちらりと見遣る。子供とは思えない挑発的な態度である。

ヴァルトスの唇が引き結ばれると同時に、瞳が爬虫類のような縦長へと変化した。

「あ――？」

きいんと耳の奥が鳴る。

突然膝から力が抜け、蒼は肩から壁に寄り掛かった。そのままずるずるとその場にへたり込んでしまう。

〝ソウ!?〟

「あ、れ――？　はは、なんか、腰が、抜けた……？」

ヒナも青い顔をしてしゃがみ込んでいた。

――何だ、これ。どうしていきなり立てなくなったんだ？

指先が細かく震えている。心拍数が早い。

トゥリフィリがぱたぱたと駆け寄ってきて蒼の手を取った。きっとなってヴァルトスを睨み付ける。

〝ヴァルトス様、ソウまで脅すなんて、ひどいです〟

ヴァルトスが心外そうに眉根を寄せた。

〝こんな弱い生き物にそんな事する訳なかろう。傍にいるだけで腰を抜かすとは、本当に脆弱《ぜいじゃく》な奴だ〟

伸びてきた逞しい腕に有無を言わさず横抱きにされ、蒼は悲鳴をあげた。

「あのっ、大丈夫です、俺、歩けます……っ」

〝うるさい。じっとしていろ〟

しゃちほこばった蒼が腕の中に納まると、ヴァルトスは改めて子供たちを見下ろす。

〝こんな事は二度とするな。これが異世界のニンゲンなのは知っているだろう。誓約が成って魂が結ばれれば帰れなくなってしまうのだという事も〟

〝でも……〟

〝好きだと思うなら相手の事をこそ考えろ。——だから子供だと言うのだ〟

ヒナが口をへの字に曲げる。ヴァルトスは蒼の躯を揺すり上げると、踵《きびす》を返した。岩で囲まれた通路にブーツの音が響く。

蒼は端麗に整ったヴァルトスの横顔を見つめた。

ヒナを咎《とが》めたヴァルトスの表情は真摯《しんし》だった。

ヴァルトスは大人げない意地悪をした訳ではなく、本当に蒼の事を考えて求愛を阻止しようとしてくれたらしい。

じわじわと嬉しい気持ちが込み上げてくる。

「あの、重い、ですよね。下ろしてください。俺、本当に平気ですから」

おずおずと申し出た蒼を、ヴァルトスは鼻で笑った。

〝ふん。子竜のように小さいのに、重いなどという事があるものか。そなたなど片手でも運べそうだぞ。――それより自重しろ。そなたの匂いは雄を狂わせる〟

「……申し訳、ありません」

そういえば自分はそういう匂いを発しているのだったと蒼は思い出した。ヒナが懐いてくれたのもそのせいなのだろう。純粋に自分を慕ってくれた訳ではないのだと理解し、蒼は少し落胆する。

――でも、頬を膨らませ結婚するのだと言い募るヒナは可愛かった。

上目遣いに蒼を見つめぐいぐいと上着を引っ張るヒナの姿を思い出し、蒼は頬を緩めた。

花で愛を伝えるなんて風習も実に可愛い。

そういえば自分も花を摘んだりはしなかっただろうか。

ヴァルトスの腕の中、蒼はひゅっと小さな音を立て息を呑んだ。

そうだ。

自分もヴァルトスの枕元に置いてきた。青い花を。あれも求愛した事になるんだろうか。

〝どうした〟

見上げると、ヴァルトスの唇の端がほんの少し上がっている。

「い――いいえ――？」

引きつった笑みを浮かべながら蒼は大丈夫だ、と自分に言い聞かせた。

あの時部屋には眠っているヴァルトスしかいなかった。唯一見ていた小竜は口が利けない。花の贈り主が誰か、わかる筈がない。

蒼は大きく深呼吸し気持ちを落ち着ける。

「遅くなりましたが、魔物から助けてくださってありがとうございました。それから――おはようございます」

にこりと微笑んで礼を述べると、ヴァルトスも目元を緩めた。

一瞬で何処か冷たい、超然とした雰囲気が崩れる。

「おはよう」

――――あ。

耳に響いた挨拶はぶっきらぼうだったが、さっきまでと異なり穏やかだった。

ヴァルトスの顔を見上げていた蒼の中で、何かが揺れる。

次の瞬間にはもうヴァルトスは唇を引き結び怜悧《れいり》な鎧《よろい》を纏ってしまっていたが、蒼の脳裏にはもう、柔らかく笑んだヴァルトスの顔がしっかりと刻み込まれていた。


竜たちの咆哮が聞こえる。

蒼を部屋まで送り届けると、ヴァルトスは急ぎ自室へと戻った。部屋の入り口で一度足を止め、大きく開いた窓の外へと眼を遣る。

緩やかな斜面が広がっているだけだった其処には大小様々な竜がひしめき合っていた。目覚めを察知して集まってきたのだろう、ヴァルトスが現れるのをじっと待っている。

ヴァルトスは深く息を吐き威儀を正すと、千年の間に伸びた髪を引きずり窓の外に出た。

冷ややかに同胞たちを見渡す。周りを囲む竜たちは若く、小さいものばかりだ。眠っている間に代替わりが進み、知った顔は数える程しか残っていない。

千年前と大して変わらない光景ではあったが得体の知れぬ不安を覚え、ヴァルトスはおもむろに頭を反らした。同胞に竜式の挨拶を送る。

喉の奥から迸った咆哮に、大気が震えた。雷に打たれたかのように身を震わせ頭を垂れる同胞たちを見つめ、ヴァルトスは天に向かって腕を伸ばす。

〝ずっと役目を離れていてすまなかった。この千年の間、私は夢の中でそなたたちを見守ってきたが、今、此処で直接見《まみ》えられた事を嬉しく思う。そなたたちに私の力が届く限りの、幸いを贈ろう〟

骨のように白い掌を広げると、無数の黒い蝶が湧き出てきた。パラディソスでは見られない、ひらひらふわふわと舞う小さな生き物に気付いた竜たちがどよめく。

子竜の一匹が親の手を振り払って駆け出し、蝶に食いついた。ぱくんと口を閉じるとヴァルトスの竜力でできた蝶が砂糖菓子のような甘さを残しほろりと崩れる。

おいしい！　という歓声に我慢できなくなった子竜たちが翼を広げた。大人の竜も夢中になって、黒い蝶を追い始める。

斜面には一族の殆どの者が集まりひしめき合っている。大変な騒ぎになったが、酷い混乱が生じる事はなかった。

竜たちの騒ぎには一定の秩序があった。お互いに怪我をしないよう気を配り、不器用な子竜に捕らえた蝶を分け与えている。

ふ、と息を吐くとヴァルトスは巨大な竜たちのただ中を歩き始めた。竜たちはヴァルトスが近付くと蝶を追うのをやめ、嬉しそうに挨拶をする。

〝おはようございます、ヴァルトス様〟

〝お目にかかれて光栄です〟

若い竜たちにとってヴァルトスはもはや遠い物語の中の存在だ。言葉を交わせる日が来るとは思ってもいなかったのだろう、大きな瞳をきらきらと輝かせている。

ヴァルトスが窪地の底まで到達する頃には黒い蝶は食べ尽くされ、竜たちも散り始めていた。陽が差さない底部には誰もおらず、ごつごつとした竜石だけが佇《たたず》んでいる。

ヴァルトスは竜が寝そべったような形の竜石に近寄ると、ざらついた岩の表面に掌を押し当てた。堅くなった皮膚を通して竜力の名残がじんわりと響いてくる。

早くも風化しつつあるこの竜石は、かつてはヴァルトスの兄だった。

大らかな性格で皆に愛された黒竜。子竜の時期を抜けるとすぐ妻を娶《めと》り、今のヴァルトスの半分も大きくならないうちに死んだ。

竜は寿命を迎えると、此処に降り、石になる。その身に授けられた竜力をパラディソスに返し、同胞を育むこの島そのものになるのだ。ヴァルトスの母も妹たちも此処にいる。

懐かしい家族に囲まれ、ヴァルトスは兄のうなじに頭を乗せた。眼を閉じ、ゆっくりと息を吐く。

——私は一体、どうしてしまったのだろうな。

ヴァルトスは夢の中で、一族の者たちが争い合うのを見た。

最初にヴァルトスの興味を引いたのは、それまで嗅いだ事のない、魅惑的な匂いだった。

糖蜜の匂いを嗅がされた子竜のように、ヴァルトスは眠りながらそれに手を伸ばそうとした。動かない己の腕の代わりに魂の片割れとの繋がりを無意識に強化し、匂いの元を探る。パラディソスの上へと這い出た魂の片割れの眼は、すぐに竜たちの間を落ちてゆく黒い点に気が付いた。

——何だ、あれは。

それを巡り穏和な筈の竜がそちこちで争っていた。躯をぶつけ合い、同胞を威嚇しようと牙を剥く姿に、ヴァルトスは微睡《まどろ》みながらも、これまで感じた事のない強い危機感を覚えた。

——いけない。

一族を争わせているのは一体何だ？

魂の片割れの瞳孔が大きさを変え、成す術もなく竜たちに弄ばれている少女を捉える。

その瞬間、ヴァルトスの中で何かが爆《は》ぜた。

突き上げてくる衝動のまま、ヴァルトスは死に物狂いで眠りから抜け出そうとした。だが長い眠りに錆《さ》び付いた躯はなかなか動かず、逸《はや》る心に反応した魂の片割れが先に小さな翼を羽ばたかせ、飛び立った。

一族でもない存在に何故あんなにも必死になったのか、ヴァルトス自身よくわからない。獣に傷つけられた姿に、灼けるような怒りを覚えた。甘い血を舐め肌の匂いを嗅いだら狂おしい程欲しくなり、その場で我がものにしようとしてしまった。途中で力尽き、眠りに引き戻されて幸いだったとつくづく思う。

〝おはようございます、ヴァルトス様。目覚めの気配に、急ぎご挨拶に参上しましたのに、お姿が見えず驚きました。どちらにおいでだったのですか？〟

〝知っているのに白々しい事を言うな。気に障る〟

茶器の載った盆を捧げ持ち現れたオルカに、ヴァルトスは不機嫌そうに唸った。

〝まさか目覚めるなりヒナの求愛を阻止しに行かれるとは驚きました。これまでになくソウを気に入っておられるご様子。花を捧げられるおつもりですか？〟

〝馬鹿を言うな。あれは別の世界に属する生き物だ。手を出すつもりはない〟

オルカの眉が上がった。

〝ソウもヴァルトス様を慕っているようなのに残念ですな。では俺がソウに求愛しても構いませぬか？〟

〝――――何だと？〟

ヴァルトスの瞳が形を変えた。血のように赤い瞳が縦に細くなり、獣に近付く。

ヴァルトスが放った、子竜なら心臓が止まってしまってもおかしくない凄まじい威圧感を、オルカは涼しい顔で受け流した。

〝何を驚いておられるのか。伴侶のない雄が皆、ソウに求愛する隙を窺《うかが》っている事くらいヴァルトス様もご存知でしょう。ソウの匂いは魅力的だ。それにソウは竜とまるで違う。ソウの目を通して見たこの世界は新鮮で、見慣れたものの筈なのに心が浮き立つ〟

たとえば蒼は新しい果物を食べる度、なんておいしいんだろうと感嘆する。そんな蒼の思念を受け取った後口にすると、食べ飽きた筈の果物が殊の外美味に感じられた。

〝あれには帰るべき世界が他にあるのだぞ〟

珍しく感情的な顔を見せた主にオルカは楽しげな笑みを向ける。

〝ヴァルトス様ともあろうものが随分と迂闊な事をおっしゃられる。発情した雄がそんな事を気にするとお思いか？〟

盆に載せられていた茶器が唐突に砕けた。

怒りにまかせ茶器を破壊してしまった己に苛立ち、ヴァルトスは掌を握り締めた。爪が肌を傷付け、鋭い痛みを生む。

蒼の事となると、ヴァルトスは己を抑えられない。獣のように、湧き上がる感情の赴《おもむ》くまま振る舞ってしまう。

〝どうしてそんなに意地を張られるのだ。片時も傍を離れぬ程に執着しているのだろう？欲しいならそう言えばいい。俺は協力を厭《いと》わぬ。——また眠られるより万倍もいいからな〟

〝そなたは私が眠っている間立派に一族を束ねてきた。私がいなくても何の問題もなかろう〟

〝俺たちはヴァルトス様に役目を果たしていただく為に目覚めを願っていた訳ではない〟

ヴァルトスは奥歯を食い締め聞きたくないとばかりに顔を背けた。オルカは溜息をつくと、盆の上から茶器の欠片を払い落とす。

〝——ところでソウの事だが、どうやら随分感覚が鈍いようだ。竜力を見る事もできなければ『声』を制御する事もできないらしい〟

肌がひりつく程緊迫していた空気が緩んだ。

〝知っている。あれは魂の片割れと私を全く別の存在だと思っているようだ〟

〝成る程。だからあんなにもヴァルトス様に対して無遠慮に振る舞えたのだな。いきなりソウがヴァルトス様の魂の片割れを抱き上げた時には本当に驚いた。しかもまたヴァルトス様が、拒否するどころかあのように目を細めて――〟

堪《こら》えきれぬ笑みに口端を引き上げたオルカを、ヴァルトスが睨み付ける。

〝そう言われれば俺たちは竜力で人を見分けている。竜力が見えなければ確かにあれとヴァルトス様が同じ魂を分け合うモノとはわからぬやもしれぬな〟

〝魂の片割れを持つのは私のみだ。問題はない。そのうち折をみて教えよう〟

オルカが手を翳すと、地面に落とされた茶器が更に細かく砕け始めた。

竜力は万能だが、行使する竜たちは不器用だ。割れた茶碗を元に戻すような小難しい事はできない。壊れた器は砕かれ土に環《かえ》される。

〝竜力についてはそれでいいと思うが、『声』についてはそういう訳にはいくまい。包み隠すべき感情までソウは全て露わにしてしまっている。あれでは可哀想だ〟

問題なく意思疎通ができてしまっているから蒼は適当にそういうものかと納得してしまっているが、竜にとって『声』とは、『思念』の事だった。基本的には音声ではなく、蒼が発声するのと同時に放たれる思考を捉え、意図を理解している。つまり発声しなくても、何かを強く考えたり思い浮かべたりすれば、竜たちには『聞こえ』てしまうのだ。

生まれた時から思念をコミュニケーションの主手段としてきた竜たちは必要な相手にだけ届くよう調節できるが、何も知らない蒼の思考はだだ漏れになっていた。

〝あれは思念を操る能力に欠けている。不具だと教えてやったところでつらい思いをするだけ、どうなる訳でもない。聞こえない振りをしてやるよう、皆に言っておけ〟

〝ですが〟

〝そなたは邑《むら》に下りた事がないから知らぬのだろうが、ニンゲンは思念を読まれる事をひどく嫌がる。病む程にな。百年そこそこしか生きられないのにそんな事で苦しんでは哀れだ〟

滅多に接触しないが、地上にはニンゲンが生息している。そのお陰で竜たちは極めて断片的ではあるが、ニンゲンに関する知識を持っていた。

〝――――は。最後にもう一つ、ソウのあの匂いについてですが、……パラディソス目掛けて飛来してくる魔物の数が増えております〟

ヴァルトスがパラディソスの外へと鋭い眼差しを向けた。まるで周囲に聳える黒い鉱石など存在しないかのように、下界を見つめる。

魔物は竜の天敵だった。子竜や腹に卵を抱いた雌を好んで喰らう。飛翔能力を持つ個体は少なく、これまでは見つけ次第灼くという対処方で済んでいたのだが、最近では当番の竜が不安を感じる程その数が増えてきた。

原因は明らかだった。蒼の匂いが地上にまで届き始めているのだ。

〝此処を出て地上に降りればすぐ魔物に喰い殺されるとわかっているのに蒼をパラディソスから放り出す訳にはいかぬ。とりあえず、見回りの数を増やせ〟

〝――――は〟

オルカが従順に頷く。ヴァルトスは陰に蹲る竜たちの骸を一瞥すると踵を返した。

千年の怠惰を埋める為に。

＋　＋　＋

カツ、カツツと小竜の不規則な足音が響く。

初めて通る通路を物珍しげに見回しながら歩いていた蒼は、巨大な扉の前で足を止めた。

少し開いた大扉からはオレンジ色の光と小さな物音が漏れ出ている。扉を押し開いてみて、蒼は顔を綻ばせた。

「マノリアさん！」

〝あら、ソウ〟

ほっそりとした女性の姿へと歩み寄りながら、蒼はぐるりと視線を巡らせる。高い天井の半ばには、竜力で作り出したのだろう、オレンジ色の珠が浮かび、柔らかな光を投げていた。

壁際には見上げる程高い棚が並び、壺《つぼ》やら毛皮やら木箱やら、ありとあらゆる物が無秩序に詰め込まれている。床にも適当に物が積み重ねられた小山が幾つもできていた。その一つの前で、マノリアが腰に手を当て溜息をついている。

〝オルカ様が茶器を割っちゃったっていうから新しいのを探しに来たんだけど、見つからないのよね〟

〝俺が割ったのではないぞ。ヴァルトス様が割ったんだ〟

別の山の向こうからオルカの声が聞こえてきた。

〝ソウはどうしたの？　あたしたちに何か用？〟

蒼は肩を竦める。

「用はないんですが、一人でいると口説かれるので」

大きな羽の付いた帽子を後ろへと投げ、マノリアが笑い声をあげた。

〝やだ、それで逃げてきたの？〟

「笑い事じゃないですよ。自分の部屋にいても勝手に窓から入ってくるんですよ？　皆いい男だとは思いますが、次から次へと新顔に迫られて、食傷です」

皆で一つの大きな家族のように暮らしている竜たちにプライバシーという観念はない。

マノリアが困ったわねと首を傾げた。

〃ヴァルトス様は何をなさっているのかしら？　ソウを助けてくださってもいいのに〃

突然挙げられた名前に、蒼の心臓が兎のように跳ねる。

「何言ってるんですか、ヴァルトス様は此処の偉い人なんでしょう？　俺なんかの為に手を煩わせては駄目ですよ。あの方はもう二度も助けてくださったんだし、充分です。あ、俺も茶器探すの手伝います」

蒼は木箱の山に歩み寄り、箱の蓋を開け始めた。箱には雑多な物が一緒くたに突っ込まれており、全てをあらためるのは大変そうだ。

〃でも、ヴァルトス様は絶対ソウの事気に入っていると思うのよね。求愛しちゃえばいいのになあ〃

「ええ？」

とんでもない提案に驚き、蒼は箱の蓋を取り落とした。

〃ソウから花を贈ってもいいわよね。元の世界に戻ったらソウは自由に恋愛できないんでしょう？　帰るのなんかやめて、ヴァルトス様の伴侶になっちゃいなさいよ〃

「無茶言わないでください。俺がヴァルトス様と釣り合う訳がないでしょう。どうしてそういう無責任な事を言うんですか」

〝だってあたし、ヴァルトス様にまた眠りについて欲しくないんだもの。大丈夫、蒼は可愛いし、魅惑的な匂いもあるし、何よりヴァルトス様に特別に気に入られているんだもの。釣り合いとかそういうのは考える必要ないわ。竜はそういうのに拘《こだわ》らないの〟

頰に掌をあて、マノリアはいいアイデアだとばかりに頷いている。気に入られているなんて勘違いだと思いつつも、蒼は落ち着かない気分になった。

「そういえば、ヴァルトス様ってどうして千年も眠っていたんですか？　竜にはそういう習性があるんですか？」

〝ないわよ。ヴァルトス様が眠りについたのはねえ、それのせい〟

尖った爪の先で、マノリアは小竜を示した。

「ちびちゃんのせい!?」

〝マノリア、それはきっかけに過ぎぬ。ヴァルトス様はずっと以前から生きる事に飽《あ》いていらした〟

とりなすように口を挟んだオルカに、マノリアが形の良い眉を上げる。

〝でもそれの母親がヴァルトス様にあんな事を頼まなければこんな事にはならなかったと

思うわ〟

「あの、何があったんですか？」

オルカとマノリアがちらりと眼を見交わした。短い沈黙の後、マノリアが大きな肘掛け椅子に腰を下ろし頭を仰け反らせる。

〝むかしむかし――ちょうど千年程前の事よ〟

若い雌竜が、卵を産みました。でも卵の中の子竜は、孵化する前に息絶えようとしておりました。

〝あー、俺たちの寿命は生まれた時に与えられた竜石、つまり竜力で決まるのだ。この子は最初から、生まれ出るのに充分な力を与えられなかった〟

卵の竜力は日に日に弱まってゆきます。母竜は何とか子竜を助けたいと願い、強大な竜力を持っている上治癒を得意とする竜に助けを求めました。

〝前例のない試みであるしどういう結果が出るかわからん。ヴァルトス様は何回も断ったのだが、何か手を打たなければ子竜は死ぬしかない訳だ。どうなってもいいからと懇願《こんがん》されてヴァルトス様は折れ、卵に竜力を注ぎ込んだ〟

〝普通、注ぎ込まれた竜力は治癒される側に吸収されるものなんだけど、多分、ヴァルトス様の力が強すぎたのね。一命は取り留めたものの、子竜の魂はヴァルトス様の竜力に押し潰されてしまったの〟

日が満ち生まれてきた子竜は笑いも鳴きもしない上、足が曲がっておりました。強大な力を持つ竜は、自分のせいだと悔いました。理《ことわり》を曲げようとしたから罰が当たったのだと。

竜力では、生まれつき損なわれた躯は治せません。卵から孵る前に成ってしまった事には干渉できないという理《ことわり》を、強い竜は忘れていたのです。

強い竜は自分よりずっと若い母竜に何度も頭を下げて謝りました。母竜は死なずに生まれただけでも嬉しいのだと強い竜に言いましたが、やはりつらかったのでしょう、程なく死んでしまいました。――地上で魔物に喰い殺されて。

〝――自死だ、という噂があったな。ヴァルトス様が眠りについたのはその直後だ〟

子竜の魂は強い竜の魂に溶けて一つになってしまいました。残ったのは、心を持たない小さな殻だけ。中身がないから年も取らず、今も小さいまま強い竜の傍に在り続けます。

蒼は愕然とした。

小竜が他の子竜たちと明らかに異っており口も利けないのは単に幼いせいだと思っていたのだが、そうではなかったらしい。

〝ヴァルトス様は何も悪くなんかないのよ？　なのに傷ついて、眠りに癒しを求めた。あたしたちが傍にいるのに〟

マノリアは口惜しそうだった。オルカも思うところがあるようだ。綺麗な空色の瞳が険しい。

「ヴァルトス様に近しい人はいなかったんですか？　その、恋人とか、ヴァルトス様を支えられるような人は」

〝ヴァルトス様にはもう楔《くさび》となる者がいない。恋人は元からおらぬし、親兄弟もその子孫も、千年前には死に絶えてしまった〟

思いがけない境遇に、蒼は思わず息を呑んだ。

「そんな――どうして」

〝寿命だ。俺たち竜の寿命は生まれた時に与えられた竜石で決まると言っただろう？　生まれ出られなかった子竜がいる事でわかるように、その量は個体によってまちまちなんだ。普通は三百年から五百年生きる。千歳を越えられるのはごく僅かだ。それなのにヴァルトス様はもう二千年も生きておられる。当然近しい者たちは寿命を迎え、先に逝ってしまった〟

――二千年？

蒼は愕然とした。

なんて長い時間を、あの人は生きてきたのだろう。

〝だからあたしたちはヴァルトス様に伴侶を迎えて欲しいと思っているの。独りは、淋しいでしょ？〟

「そうですね、とても、淋しい」

蒼が思わず呟いた言葉には重い実感がこもっていた。

両親も兄弟も健在ではあったが、ある意味蒼はずっと独りだった。

ねえ、どうしてあんたはそうなの？

ふと母の言葉を思い出す。

お母さん、そんな変な子産んだつもりないのよ？　お願いだからまともになってちょうだい。

〝俺はソウがヴァルトス様の楔になってくれればいいと思っているのだが〟

オルカの気遣うような声に、蒼は乾いた笑い声をあげた。

「俺が？　はは、あの方の力になれれば、それは嬉しいですけど——でも、どうかな」

ごめん、俺、変な子で。お母さんの期待に添える息子じゃなくて、本当にごめん。

ゲイである事が悪いと蒼は思わない。だが蒼がそうであるせいで、家族の皆が厭な思いをしていた。ならばやはり、家族が望むまともな息子になれない蒼は悪いのだろう。

善と悪の境界は曖昧《あいまい》で、見る人によって変わってしまう。

ヴァルトスもきっと同じ。自分が悪いと思っている間は、誰の言葉も届かない。

だが、誰かが傍にいれば。

痛みを分かち合える相手がいてくれれば、何かが変わるのではないだろうか。少なくとも蒼はずっとそういう存在が欲しいと思っていた。

ヴァルトスのそういう存在になれたら嬉しいが、きっと無理だ。蒼は自分の家族にすらうまく対処できなかったのだし、そういう役目はもっとヴァルトスと並び立つにふさわしい――美しくて賢い、多分、女性がするべきなのだ。

蒼のような、不器用で冴えない人間ではなく。

蒼の元に小竜がぴょこぴょこと躯を揺らし近付いてくる。足にしがみついてだっこをせがむ小さな躯を、蒼は小さく微笑み抱き上げた。喉をくすぐってやると小竜はくるると喉を鳴らし、目を細める。

〝大丈夫よ。竜の雄は情熱的なの。恋に落ちたら他の事なんて何にも目に入らなくなっちゃうくらいにね。だから、ねえソウ頑張っちゃいなさいよ〟

焚《た》きつけようとするマノリアから目を逸らし、蒼は小竜の額に己の額をこつんと合わせた。

「そんな。無理ですよ。あんなに綺麗な方が俺なんかのものになってくれる訳がない」

〝ソウだってヴァルトス様が好きなんでしょう？　どうしてそんな風に尻込みするの？　好きなら手に入れたいと思わない？〟

　蒼は淋しげな笑みを浮かべた。

「……自信がないんです。今まで駄目だと言われた事しかなかったから」

〝それは元の世界には同性間の恋愛はダメって理《ことわり》があったからでしょ。パラディソスにはそんなのないのよ〟

「わかっていますが、俺には染み付いてしまっているんです、元の世界の理《ことわり》が。簡単には変えられない」

　従兄弟は蒼を嘲笑《ちょうしょう》し、好きだった人にも背を向けられた。まともになってくれと親には何度も泣かれた。家族を大切に思っていただけにつらかった。

　此処では誰にも否定されないと頭では理解しているけれど、蒼は無意識に己の性癖を隠そう隠そうとしてしまう。

「多分そのうち慣れると思います。そうしたら、ヴァルトス様にも花を捧げられるかも」

　冗談めかして笑ってみせる蒼に、マノリアが深い溜息をついた。

〝ニンゲンって、面倒くさいのねえ〟

マイペースに茶器を探していたオルカがあったと歓声をあげる。無造作に紐でくくられた茶器が、棚の一番隅に隠れていた。

＋　＋　＋

『ふざっけんなよ、てめえ！』

先刻渡したばかりのプレゼントが地面に叩き付けられるのを、蒼は茫然と見ていた。

『どうしてこんなもん持ってくんだよ。しかも――の前で！』

『あの、ごめん』

その日は親友の誕生日だった。蒼は何ヶ月も前から何をプレゼントするか吟味《ぎんみ》に吟味を重ね、財布を選んだ。黒革でしっかりしている割には軽い、ちょっと高価なブランドの長財布。今使っている二つ折りの財布はもう随分くたびれていたから、ちょうどいいと思ったのだ。

だが親友の彼女も同じ事を考えていたらしい。

『あ――、もう、だめ。もう、我慢できねえっ』

細い裏路地の中を親友はうろうろと歩き回っている。蒼は俯き、うち捨てられたプレゼントを見つめた。

喜んでもらいたくて買ったのに、どうしてこんな事になってしまうんだろう。

数メートル先の表通りに面した喫茶店では、親友の彼女が待っている。

二人の仲を邪魔するつもりはなかったが、どうしても誕生日にプレゼントを渡したくて、蒼は親友に時間を作ってもらった。ほんの十分で帰ると言ったのに、残業を終えてから待ち合わせの場所に赴くと彼女もついてきていて、蒼のプレゼントが何か知ると顔を強張らせた。

『もうホント、無理。各務。俺おまえの友達やめるわ。それ、持って帰って』

『え……っ』

突然絶交を言い渡され、蒼は愕然とした。間の悪い事をしてしまってすまないと思うが、不可抗力だ。こんな事でどうして友達をやめなければならないのだろう。

戸惑う蒼に、冷ややかな言葉が突きつけられる。

『おまえさ、ゲイだろ』

蒼は黙って親友を見つめた。

『でもって、俺の事が好きだろ』

すうっと血の気が引いていく感覚があった。

『もう滅多に会わないから気付かない振りをし続けるつもりだったけど、やっぱ無理だわ』

『待って。俺、別に迫ったりするつもり、ないよ。ただずっと普通の友達として――』

『普通の友達があんな目、するかよ！　気持ち悪いんだよ！』

何も言えず、蒼は口を噤《つぐ》んだ。畳みかけるように親友が怒鳴る。

『迷惑なんだよ。各務がいると、俺までゲイだって思われる。彼女だって各務の噂、知ってんだ。こんなモンもらって持ち歩いていたら、俺まで本物だと思われちまうだろ』

蒼の心尽くしのプレゼントが踏みつけられる。

いきなり肩を突かれ、蒼は薄汚いビルの外壁に背中を打ち付けた。

『二度と俺に近付くな。いいな』

親友だと思っていた男の目は、ひどく冷やかだった。

それっきり振り返りもせず彼女の待つ喫茶店へと帰る背中を、蒼は言葉もなく見送る。

この親友と蒼は大学に入ってすぐに出会って、卒業するまでほぼ毎日を一緒に過ごしてきた。

彼の、顎を引いてはにかんだように笑う癖も、落ち着いた性格も好ましいと蒼は思っていた。でも蒼は、単なる友人の枠を越えないよう気を付けていた。

好きな女の子ができたとうち明けられた時には頑張れと応援しさえした。きりきり痛む胸を無視して、二人の仲がうまくいくようお膳立《ぜんだ》てして、それでいいんだと思っていた。

蒼はゲイだというだけで心ない言葉を投げつけられ、好奇の目を向けられてきたのだ。

彼に自分と同じ思いをさせるつもりはなかった。

ただ、好きな人の傍にいたい。それだけが望みだったのに――。

『迷惑、だったんだ』

ごめんね。好きになってしまって。

親友がこんな心ない仕打ちのできる人間ではない事を蒼は知っている。おそらく蒼がいない所で何かあったのだろう。

彼女になじられたのか、別の友人に当て擦られたか。いずれにせよ蒼の存在が親友を傷つけたのに違いない。

『でも、俺は一体どうすればよかったんだろう』

今まで築き上げてきたもの全てがほろほろと崩れてゆく気がした。

蒼は大切な人に厭な思いばかりさせてしまう。

『俺みたいな奴は、恋なんてしたらいけないのかな』

はは、と蒼の薄い唇から乾いた笑いが漏れた。

だが恋はしようと思ってするものではない。いつの間にか落ちてしまうものだ。

『始めから誰にも近付かず、独りぼっちでいればよかったんだろうか。そうすれば誰にも厭な思いをさせずに済む？　でもそれなら、俺なんかいてもいなくても同じだよね』

いいやむしろ、いない方が、いい。

蒼は両手で顔を覆った。

このまま家族にも疎《うと》まれて、誰にも愛されず、ただ年だけを取っていくのだろうか。

俺は一体、何の為に生まれてきたんだろう。

恋がしたいな、と蒼は思う。

幸せな恋を自分もしてみたい。

＋　＋　＋

〝ソウ！〟

強く肩を揺さぶられ、蒼は目を開いた。厳つい顔を心配そうに顰めたオルカが身を屈め覗き込んでいる。

いつの間にか眠っていたらしい。テーブルの上に水差しが載っていた。もう夕刻だから新しい水に替えに来てくれたのだろう。

「あ、おはようございます、オルカさん。いつも手を煩わせてすみません……」

まだぼんやりとしている頭で蒼は汗くさいなと思った。悪夢を見たせいでしとどに寝汗を掻いてしまったらしい。

あれは蒼が燕尾服の男と遭遇する直前の出来事だった。とても好きだった人に拒絶され、蒼は心から何処か遠くへ行きたいと願っていた。

――いや『行きたい』ではない。『此処から消えてしまいたい』だ、本当は。

オルカが顔を歪める。

〝可哀想に〟

いきなり逞しい腕に抱き竦められ、蒼は瞬いた。

「オルカ、さん……？」

何故オルカは自分を抱き締めているんだろう。

汗を掻いて匂いがきつくなったせいで、また女性と混同しているんだろうか。

蒼はそっとオルカの胸を押し返し、距離を取ろうとした。

だがほんの少しできた距離はたちまちゼロに戻されてしまう。おまけに頬に手を添えられ、否応もなく仰向かされた蒼の目前に男らしく整ったオルカの顔が迫ってきた。

え。な、に――？

唇に何かが触れた、と思った次の瞬間、蒼の口は完全に塞がれていた。斜めに重ね合わされた唇の隙間から舌が入ってくる。

俺、オルカさんに、キス、されてる――？

肉厚な舌にぞろりと口の中の粘膜を舐められ、蒼は身震いした。

厚い胸板を押し返そうと奮闘するものの、オルカは悠々と蒼の後頭部を押さえ、更に深く舌を挿し入れてくる。驚く程多量の唾液が口の中に入ってきてむせそうになり思わず飲み下すと、酒を飲んだ時のように臓腑《ぞうふ》があっと熱くなった。

電流に似た何かが皮膚の表面を走る。

蒼はそのままくたくたとソファに寄り掛かった。

躯が、熱い。頭が朦朧《もうろう》としてうまくものが考えられない。躯の中心が脈打ち、力を持ち始めている。

あ……あ――？　どうして、こんな――。

窓の外を見に行ったオルカが素早く戻ってきて、蒼の前に跪《ひざまず》いた。目の前に突き出された手に、蒼は虚ろな眼差しを向ける。

〝ソウ……ソウ、聞いてくれ。ソウに花を贈りたい〟

早口に乞《こ》われ、蒼は緩慢に首を傾げた。

「え……？」

花って――求愛？

〃そうだ。俺を選べ、ソウ。俺はおまえをあんな風に傷つけたりしない。いなくていいなんて、絶対に思わせたりしないから〃

蜜のように甘い言葉が耳元を流れてゆく。

反射的に差し出された花を受け取ろうとした蒼の前に鱗を逆立てた小竜が割って入り、オルカの指に牙を突き立てた。

「ちびちゃん!?」

小竜を振り払ったオルカが、血の流れる掌を握り込む。

〃くそ、時間切れ、か。すまん、ソウ〃

「ええ？」

唐突に身を翻《ひるがえ》すと、オルカは通路へと身を消した。何が何やらわからなかったが、蒼に追及するだけの余裕はなかった。

――熱い。

蒼はろくに力の入らない手を伸ばし、前をくつろげた。ぎこちない手付きで開放された蒼のものは既に芯が入り、上を向いている。

抜きたい。

窓のあるこの部屋でそんな行為に及んではまずいとわかっていたが、寝室まで歩けそうにない。突き上げてくる衝動に負け、蒼は己のモノに指を絡めた。性急に扱き立て、ん、と小さな声を漏らし――蒼は気付く。

窓の外に何かいる。

魔物にも似た怖ろしい気配を感じ取り、蒼は凍り付いた。

低い声が夕暮れに響く。

〝オルカの求愛を受けるなぞ、許さん〟

心臓が、止まるかと思った。

――外にいるのは、ヴァルトスだ。しかも烈火《れっか》の如く怒っている。

蒼は慌てて前を閉じようとしたが、張り詰めたモノがうまく収められない。焦る蒼の前に滑るように室内へと入ってきたヴァルトスが立った。

「あ……見ないでくださ……っ」

躯を丸め、少しでも股間を隠そうとする蒼の髪をヴァルトスが掴む。無理矢理顔が仰向けられ、口を吸われ、蒼は目を見開いた。

どうしてヴァルトス様がこんな事を――？　もしかして、俺の事を――好き――？

いやまさかそんな事がある訳ないと、蒼は甘い妄想をうち捨てる。

蒼は男で、容姿がいい訳でもない。マノリアや、あるいは蒼に求婚してきた雄たちの方が余程ヴァルトスにふさわしい。

では、何故？

舌が、絡む。

ヴァルトスの唾液が口移しで与えられる。

苦しくて嚥下した途端、心臓がどくんと跳ねた。

あ……あ――――！

蒼は仰け反り、痙攣した。指先まで心臓になってしまったかのようだった。全身が脈打ち、何かを強く欲している。

混乱している間に蒼はヴァルトスによって抱え上げられ、寝室へと運ばれていた。寝床に下ろされ、下肢に纏っていたものを全部剥かれてしまう。

憑《つ》かれたようなヴァルトスの目つきに、蒼は初めて会った日の事を思い出した。あの時のヴァルトスも変だった。蒼に欲情して、初対面なのに首筋に舌を這わせ――。

ヴァルトスが蒼を見つめる。

紅い瞳の奥で淫《みだ》らな情欲が燃え滾《たぎ》っているのが見えた。

――あ、そうか。

蒼はようやく気が付いた。

匂いのせいだ、きっと。

オルカも同じ。蒼の匂いに惑わされ、二人とも我を失ってしまったのだろう。それなら様子がおかしい説明がつく。

「やめ、て――」

熱が集まりつつある下腹を隠そうと小さな躯を丸めた蒼を、ヴァルトスの唇と舌が背後から愛撫する。うなじに腰のライン、毛皮を握り締める手の甲。何処に触れられてもさざなみのような快感が広がった。

またくちづけられ流し込まれた唾液を飲み下した途端、狂おしい程の欲望が突き上げてくる。

「へ――へん、です……俺、変。ヴァルトス様、俺、なに、か――」

うまく回らない舌を必死に動かし訴えかけると、ヴァルトスは蒼の唇を舐めた。

〝心配は要らぬ。蒼の反応は普通だ。竜の唾液には竜力が含まれている。竜は交接の前、唾液を交換する事によってお互いに発情を促し、準備を整えるのだ〟

「つ――つまり?」

〝竜の唾液は媚薬になる〟

信じられない返答に、蒼は一瞬言葉をなくした。

「どう、して……っ、そんな……っ」

抗議しようとする蒼を、ヴァルトスは苛立たしげに睨み付ける。

〝気持ちいい方がいいであろう？〟

毒が巡る。

蒼の全身を侵食する。まるで全身が性感帯になってしまったかのようだ。

ヴァルトスが身を起こすと、蒼の肌の上を長い髪が滑った。

「あ、や……」

蒼が身を震わせ鼻にかかった声を漏らすと、不機嫌そうに引き結ばれていたヴァルトスの唇が意地悪く緩み、綺麗な弧を描いた。

〝……ふ。他愛もない〟

乾いた音を立て、長い上着が床に投げ落とされる。蒼がひくりと肩を震わせ見上げると、仄かな光がヴァルトスの裸の上半身に美しい陰影を浮かび上がらせた。

理想的な雄の躯。

次いで下衣が引き下ろされたのを見て――蒼は息を呑む。

〝ゾウ〟

「無理っ！」

後退り、逃げようとする蒼の足首をヴァルトスが捕らえた。片手一本で引き寄せられ大きく膝を割られて、蒼は小さな悲鳴をあげる。

体格がいいだけの事はあり、ヴァルトスの男根は想像以上の猛々《たけだけ》しさだった。あんなモノを突っ込まれたらきっと蒼は壊れてしまう。

痛いのは、厭だ。

脅え縮こまる足の間に膝を進め、閉じられないようにすると、ヴァルトスは蒼の両手を毛皮の上に押さえつけた。

〝逃げるな。そなたが想像しているような事はしない〟

「そんなになっているのに信用できません」

蒼が反り返った凶暴なモノへと恐る恐る目を遣ると、ヴァルトスがぶるりと胴震いした。

「！　ほら」

〝そなたがそんな目で見るからだ〟

苦々しげに言うと、ヴァルトスは躯を支えていた肘を折り、躯を重ね合わせた。

本性が竜であるせいか、ヴァルトスの体温は蒼より少し低い。

ひんやりとした肌がひたりと蒼の汗ばんだ肌に重なる。直接肌を触れ合わせる、ただそれだけの事がこんなにも気持ちがいいものなのかと、蒼は密かに驚嘆した。ヴァルトスがこれ以上ない程近く感じられ、胸が高鳴る。

「あ……や……」

ようよう絞り出した言葉に、ヴァルトスが唇をたわめた。

〝何が厭だ。ソウは私を好きなのだろう?〟

――え?

蒼は息をする事も忘れ、ヴァルトスを見つめた。

どうして知っているんだろう。マノリアが言ったのだろうか。

ヴァルトスに握り込まれた指先が震える。

こんな事をしようと思い立ったのは、ただ匂いに酔ったせいではなかったのだろうか。蒼の気持ちを知ったから、だからヴァルトスはちょっかいを出してきた?

ヴァルトスは何も言わない。

ただ紅い瞳で蒼を見つめている。

奥の方に思い詰めたような色の光が揺れているような気もしたが、蒼は目を伏せた。

何だって大差ない。ヴァルトスは花を持ってこなかった。思いを仄《ほの》めかす言葉すらない。

つまり、蒼を好きだから抱こうとしている訳ではないのだ。

——なんて酷い男なんだろう。

だが考えてみれば、そんな理由でもなければヴァルトスが自分になど手を出してくる筈がなかった。

蒼は躯の奥底から迫り上がってくる何かから目を背けた。こんな事をされても蒼はヴァルトスが好きだった。好きでなくてもいいから抱いて欲しいと思う程に。

多分この機会を逃したらヴァルトスに抱いてもらえる事などない。

別に、平気だ。たかが、セックスだ。深く考える事はない。

ヴァルトスはとても好みだし、蒼はずっと知りたいと思っていたのだ。セックスとは、どんなものなのか。

こんなにも綺麗な人と初めてを経験できるなんて、蒼のような冴えない人間にとって素晴らしい幸運だ。

本当はこの人が蒼の特別な『誰か』になってくれれば嬉しいと思っていたけれど、贅沢を言っても仕方がない。

気楽に楽しめばいいのだ、きっと。

そう割りきり、蒼は淡い笑みを浮かべた。ひどく虚ろで哀しい笑みを。

〝ゾウ――〟

そっと唇が吸われる。唾液を流し込まれる事なく、何度も優しくついばまれる。

足が更に大きく割られ思わず身を固くした蒼の腹に、妙に熱いモノが当たった。

「あ……な、に……？」

ヴァルトスは淫らに腰を揺らし、蒼にそれを擦りつける。上を向いた蒼自身もヴァルトスの引き締まった腹に擦れ、透明な蜜の跡を残した。

〝そら、痛くないだろう？〟

蒼は唇を噛む。

――痛くないどころか――。

媚薬で敏感になった躯は淫靡な刺激を悦んで受け容れる。下腹に押し当てられたヴァルトスは、ひんやりとした肌とは裏腹に熱く、硬かった。

わざと性器同士を擦り合わされ、蒼は堪らず太腿でヴァルトスの腰を挟み込む。

「あ……」

汗で濡れた肌がぬるりと滑る感触に、ざわりと肌が粟立った。

うわ。何か、すごく、いやらしい……。

だが燃え上がった躯はこれだけでは足りない。もっともっとと蒼を急き立てる。

自分で握り込みたいと蒼は思ったが、両手は頭の横でしっかりと指を絡め押さえつけられていた。

もっと強い刺激が欲しい……。

蒼は太腿に力を入れ、腰を浮かせる。自分から硬く張り詰め震えている熱情をはしたなくもヴァルトスに擦りつけ始める。

〝ゾウ……っ〟

カツ、カツツ。

熱に浮かされたような気分で淫らに腰を揺する蒼の耳に、硬いものが床に当たる乾いた音が届いた。

特長のあるリズムに蒼ははっとして首を巡らせる。細く開いていた扉から現れた小竜が足を引きずり寝床へと近付こうとしていた。

蒼はとっさにヴァルトスから逃れようとしたが、大きな躯はびくともしない。

「お、ねがい、です。……どいてください……っ。ヴァル……さ……」

幼い小竜にこんな場面を見られたくはない。だがヴァルトスは平然としていた。

〝ふん。悪くないな。これからはヴァルと呼べ〟

「え……え!?」

口を吸われる。遠慮の欠片もなく口の中を舌で探られ、唾液を流し込まれて、蒼はまた陶然としてしまった。

「んんっ、ふ……う……っ」

閉じられない足の間で小竜の爪音がやむ。

何かが蒼の陰部をさりりと舐めた。

な、に……？

そのうちつるりとした鱗が尻に当たり、蒼は気が付く。

小竜だ。

小竜が後ろにいて、蒼を舐めている。しなやかな尻尾をうねらせながら。

くぐもった悲鳴をあげ、蒼はもがいた。ヴァルトスを退かそうと、力を振り絞る。だが蒼の抵抗など、体格に勝るヴァルトスには何の意味もない。

「んっんん、ん……っ」

いけないと思うのに、舐められる度甘美な愉悦に躯が蕩ける。

物足りない程度の刺激がまた堪らない。小竜の舌に煽られ蒼は痛い程張り詰めてしまう。

やがて小竜の細い尻尾の先端が、後ろの入り口をするりと撫でた。

冷たい鱗で覆われたものがつぷりと突き立てられ、中に入ってくる。

「んー……っ」

掠れた悲鳴をあげ、蒼はのたうった。

艶やかな鱗のお陰か痛みはないが、だからといって無防備な内臓を探られ平気でいられるものではない。動くのも怖くて、蒼は身を強張らせる。

浅く早く喘ぐ蒼の臓腑の中で物言わぬ小竜の尻尾が何かを探しているかのように蠢く。

怖い——でも、何か——何か。

ぞくぞく、する、ものがある。

恐怖と背中合わせにある、歪んだ愉悦。ずぷずぷと躯の中で何かが動くのを感じる度、肌が粟立ち何かが研ぎ澄まされてゆく。

ある一点を突かれた瞬間、蒼の腰がひくんと揺れた。

尻尾の動きが止まる。先刻と同じ場所をもう一度そろりと撫でる。

甘い痺れが脳天まで駆け抜けた。蒼は膝できつくヴァルトスの躯を挟み込み腰を反らせた。頭を振り、ヴァルトスのキスから逃れる。

「ひあ……っだ、め……っ！」

〝嘘つきだな、ソウは。本当はもっと此処にして欲しいのだろう？〟

弱みを知られてしまった羞恥に蒼は唇を震わせた。

「いやだ……いや、い、いや……っ」

目に涙を浮かべ譫言《うわごと》のように呟く蒼の弱い場所ばかりを小竜が小刻みに突いてくる。容赦ない責め苦に、蒼は身悶えた。

「あっ、あ、――だめ。だめ、あ、――ああ！」

躯の奥を突かれる度感じ入っていると明らかにわかる声が漏れてしまう。もどかしげにくねってしまう腰を止められない。

もっと強い刺激が欲しい。

初めてなのにそんな風に思ってしまう自分は特別淫らなのだろうか。それとも普通の人でも好きな人に触れられたらこんな風になってしまうものなのだろうか。

わからない。

〝我慢する必要はない。感じたなら啼《な》け〟

耳元で囁かれ、蒼は泣きそうな顔でヴァルトスを睨み付けた。

ヴァルトスが淫蕩に笑む。

押さえつけられていた蒼の手がようやく解放され、片足が担ぎ上げられた。大きく足を開かされた蒼が頭を持ち上げると、自分のモノの向こうに小竜が見える。

小竜がエメラルドグリーンの眼を瞬かせ、もぞりと身じろぐ。ほんの小さな動きですら尻尾を伝って中にまで響いてしまい、蒼は声もなく喘いだ。だが小竜は蒼の窮状《きゅうじょう》など知らぬげに投げ出されていた蒼の太腿によじ登り始める。

「あ……」

敏感になった肌に小さな爪が食い込む度声をあげそうになり、蒼は唇を噛んだ。自然に腹に力が入り、小竜の尻尾を締め付けてしまう。

──動かないで。

だが小竜は蒼の感じやすい腿の内側に落ち着くと、ぶるりと躯を震わせた。

「ひ……あ……っ」

挿しっぱなしだった尻尾を通じて、強い振動が蒼のいい場所までダイレクトに伝わる。びくびくと肉が震える。瞼の裏で、白い光が弾ける。

──でも、まだ、イけない。

「ヴァル……っ、ヴァル、さま……っ。……も、きた……っ」

〝ゾウ〟

ヴァルトスが蒼の手を取り、擦り合わされているモノへと誘導する。大きさの違う二本のモノを一緒に握り込まされ、蒼はかあっと頭に血が昇るのを覚えた。掌の中にあるヴァルトスは、本当に大きく、猛々しく脈打っている。

ヴァルトスの手が蒼の手を上から覆い、ゆっくりと上下に動かし始める。

「あ……っん、あ、あ……っ」

いい。

促されるまでもなく、そうすればもっと気持ちよくなれると知った蒼は憑かれたように手を動かした。とんでもなく卑猥な姿をヴァルトスに見られているのだと頭の片隅でぼんやり知覚してはいたが、恥ずかしいと思うほどに手の中のものはしとどに濡れ二人の手を汚す。小竜に尻を責められ躯をくねらせながら、蒼はヴァルトスと一緒に上り詰めた。

「ヴァル……っも、イく……い、イきま……っ」

震える声で訴えると、躯の内側で小竜の尻尾が痙攣するように跳ね回る。同時に強く扱かれ、蒼は仰け反った。

ずっと堪えていたものが解放されるのと同時に、気が遠くなる程の快楽に引き込まれる。

「う……っ」

ひどく濃くねっとりとした液体が二人の手と肌に散った。はあはあと忙《せわ》しなく喘ぎながら躯を弛緩させる蒼を追うように、ヴァルトスも精を放つ。

後ろからするりと小竜の尻尾が出てゆくと、蒼はようやく終わったのだという安堵《あんど》に満たされた。

長い前髪を耳に掛け軽く蒼の唇を舐めたヴァルトスが今度は蒼の腹の上に散った精を舐め始める。

柔らかく湿った舌が閃き、白い喉がこくりと動いた。

〝まるで甘露《かんろ》だ〟

自分の精を飲み下したのだと気付いた途端、堪らない気分になってしまい、蒼は毛皮に顔を埋めた。だが残った蜜も寄越せとばかりに陰茎を手に取られ、掠れた悲鳴があがる。

「あ……やめ、そんな……」

達したばかりで力の入らない腰が引き寄せられ、あたたかな口の中に迎え入れられる。先端を吸いながら手で軽く扱かれ、蒼は喘いだ。

「うそ……」

熱を吐き出したばかりなのに、反応してしまう。

躯が熱いのは、恥ずかしさのせいだけではない。まだ快楽を欲しているからだと気が付き、蒼は混乱した。

「何で……？　どうして、こんな……」

〝考える必要はない。そなたは素直に感じればいい〟

「でも、ヴァル……」

〝いいから、もっと飲ませろ〟

強い腕に抱き起こされ、蒼はヴァルトスの胸に寄り掛かった。張り詰めた性器に触れられ、呼吸が乱れる。

小竜が、思わせぶりに尻尾をうねらせ、きゅいいと鳴いた。

「あ、そんな……っ」

また、入ってくる。蕾の中に侵入される。蒼はヴァルトスの肩口にこめかみを押しつけ喘いだ。

蒼の前を扱きながら、ヴァルトスはもう一方の手を蒼の足の間に挿し入れる。細い尾に沿わせるように中指を挿入され、熱を持った内壁をこねられ、蒼は堪えきれず嬌声《きょうせい》をあげた。

痛みはない。ただ気持ちいいばかりで、頭がおかしくなりそうだ。

岩の壁にあえかな喘ぎが反響する。

風が肌を撫でてゆく。

自分のくしゃみで目を覚ますと、蒼は室内を見回した。

細く開いた扉の向こうから漏れ入る朝の光で寝室の中はぼんやり明るい。子竜たちが遊ぶ声が遠く聞こえる。

すぐ横で、ヴァルトスが健やかな寝息を立てている。竜は寒さには強いと知ってはいたが、蒼は近くに丸めて投げてあった上掛けを引き寄せ掛けてやった。

寝床の上で胡座《あぐら》を掻き、蒼は寝癖だらけの頭を掻く。

——セックス、してしまった。

「セックスって、あんなだったんだ」

昨夜の記憶を反芻し、蒼は仄かな笑みを浮かべる。

ヴァルトスの躯は逞しい雄そのものだった。

抱き締められると、とても心地良い。いきり立った性器の大きさに恐怖を覚えなくもなかったが、自分に欲情してくれたのかと思うとそれも嬉しかった。

「それに、ヴァルって呼べ、なんて言ってくれたし……」

火照った頬を、蒼は両手で押さえる。

愛称で呼ぶなんて、恋人みたいだ。

だが、それだけだった。初めて経験したセックスは、思っていたのとは大分違った。

好きな人に抱かれたらとても幸せな気分になれるのだろうと思っていたのに、蒼の胸は虚ろだった。今まで以上にカラッポで、すーすー風が抜けてゆく。

「別にそんな事どうでもいいか。すごく気持ちよかったし」

――そう、どうでもいい。アレだけは、いただけなかったが――。

〝――なんだ〟

もそり、と寝床の上の膨らみが動き、ヴァルトスが顔を出した。絹糸のような白い髪が流れ光を弾くさまに蒼は見蕩れる。

「おはようございます、ヴァル、様」

躊躇いがちに名前を呼ばれたヴァルトスの唇が美しい弧を描いた。

〝おはよう、ソウ。様も要らぬ。――何がいただけないのだ？〟

口に出していただろうかと一瞬考えたものの、無意識に言葉にしていたのだろうと決めつけ蒼は唇を開いた。

「ちびちゃんの事です。こんな小さな子にあんな事させるなんて、ヴァ――ヴァルって、もしかして、変態？」

呼び捨てにした途端、甘酸っぱい感情が胸の裡に湧き起こり、蒼は僅かに視線を揺らした。

ヴァルトスは蒼の方へと寝返りを打つと、肘を突いて頭を支えた。同時にずり落ちた毛皮の下から引き締まった上半身が覗く。

〝変態とは随分な事を言ってくれるな。蒼に苦痛を与えず中まで味わう為にはああするのが一番だと思ったからそうしたまで。あれは私の一部であるし、問題はない〟

蒼は眉根を寄せた。意味が分からない。

「一部ってどういう意味ですか？」

〝オルカたちの説明を聞いたであろう？　あれの魂は私の竜力に押し潰され同化してしまった。あれに固有の心はない。あれは私の魂の片割れ、あれが見たものは私にも見える。あれが聞いたものは私にも聞こえる〟

「えっ――――」

つまり、小竜はヴァルトス自身でもあるという事だろうか？　小竜が知っている事は、ヴァルトスも知っている？

〝私が寝ていると思って青い花をくれただろう、ソウ〟

意地悪く口角を上げ指摘され、蒼は凍り付いた。

「あれはそのっ、求愛の事なんて、知らなかったから……っ」

狼狽《ろうばい》する蒼を、ヴァルトスが声をあげ笑う。

寝床の隅で丸くなっていた小竜を拳に乗せ、ヴァルトスは愛しげに眼を細めた。どこか切なげな眼差しに蒼はマノリアたちの話を思い出す。ヴァルトスはこの子の為に千年の眠りについたのだ。

ヴァルトスが軽く小竜の頭をつつき、蒼に向かって差し出す。ぱたぱたと翼を羽ばたかせ腕に飛び移ってきた小竜の喉をいつもの習慣でくすぐってしまい、蒼ははっとしてヴァルトスの顔色を窺った。

「俺がこんな風に触ると、ヴァルも感じるんですか？」

ヴァルトスは白い瞼を伏せた。

〃集中している時なら、我が事のように感じるな〃

「集中していない時は？」

〃……知覚はしている。視界を横切る雲のようなものだな。気になる事があれば注目するが、そうでなければ見ておらぬも同じ〃

という事は、基本的にヴァルトスは全部知っているのだ。蒼が小竜を無理矢理風呂に入れた事も、キスした事も、ぬいぐるみのように抱いて寝床に入っていた事も。

――――顔から火を吹きそうだった。

「あの……な、馴れ馴れしくして、すみませんでした……」

もそもそと上掛けを引き寄せ真っ赤になった顔を隠そうとする蒼を、ヴァルトスが引き寄せ抱き込んだ。

〝謝る必要はない。これは私自身という訳ではないのだ。この中に宿っているのは私の影。見た目通り、幼く心が欠けている。今まで通り扱って構わない〟

蒼が躯を捻って振り向いてみると、ヴァルトスは小竜と同じ仕草で眼を細めていた。

その情景が蒼に納得させる。本当にヴァルトスは小竜なのだ。

〝もう抱き締めてやってはくれぬのか？〟

催促され、蒼は恐る恐る小竜をいつものように抱きかかえた。

小竜がくるると喉を鳴らし、ヴァルトスも満足げな溜息を漏らす。

〝そなたの躯はあたたかいな〟

柔らかな表情に心臓を鷲掴みにされ、蒼は俯いた。

胸が、苦しかった。

この人は、悪い人では、ない。

竜だから考え方が違うだけ。ただそれだけなのだ——きっと。

＋　＋　＋

子竜たちが群を成し、雲一つない青い空の中を飛んでゆく。『飛ぶ』のは高等技術らしく、躯の小さな子竜は見るからに飛び方が下手くそだ。時折ふざけるのに夢中になって失速し、墜落しそうになる子すらいる。

「ふふ」

大慌てで翼をばたつかせる子竜のコミカルな姿に、蒼の唇から小さな笑い声が漏れ出た。

何もする事がない蒼は暇を持て余し、小竜と一緒に大きな岩の上に寝転がっていた。

四肢を投げ出しぼーっとしていると、甘い匂いに誘われた竜が岩の上へと上ってきて、蒼に鼻を寄せてくる。

「え……ちょっ……」

懐いてくる竜を可愛いと思わなくもなかったが、馬程もある巨体が迫ってくるさまにはそうも言っていられない迫力がある。

蒼は艶やかな鱗で覆われた頭を押し戻そうとしたが、撫でられたとでも思ったのだろう、竜は鼻息を荒くしてますます強く頭を押しつけてきた。更に姿を現した二匹目三匹目が蒼と竜のせめぎ合う姿に目を輝かせ、がふがふ鼻を鳴らしながら参戦してくる。

〝僕も僕もっ〟

押し合いへし合いする竜たちに辟易《へきえき》する蒼の目の前に更に一抱えもある大きな頭がぬっ

と突き出された。

〝オレもー！〟

ぎょっとして硬直する蒼を、大きな竜がぐいぐいと頭で押す。

強靭《きょうじん》な肉体を持つ竜に蒼の窮状を察する神経はない。万が一にも踏み潰されないよう大きな岩の上を選んだのが裏目に出た。

「お、落ちる……っ」

それまで寝そべったまま騒動を眺めていた小竜がむっくりと起きあがる。焦る蒼と竜の間に割って入り、小さな翼を広げて威嚇のポーズをする。その効果は絶大だった。

大岩の上で風が巻く。目の前から竜の巨躯が飛び去ってゆく。

煽られよろめいた蒼を、背後から伸びてきた逞しい腕が支えた。

「わ、ありがとう……」

ヴァルトスだと思い振り返った蒼の動きが止まる。

蒼の背後にいたのは、知らない男だった。ハニーブロンドの優男だ。

〝大丈夫？〟

竜の例に漏れずけちの付けようもない美貌の持ち主に微笑まれ、蒼は頷いた。

〝ふふ、ヴァルトス様かと思った？〟

いきなり心中を言い当てられ、蒼は黒い瞳を揺らす。

「……いえ。どうしてですか？」

〝うーん、何となく？〟

陽射しを跳ね返す金髪を揺らし、男は岩の上に腰を下ろした。脱いだ上着を岩の上に敷きその上に座るよう手招きされ、蒼も隣に座り込む。

ヴァルトスと躯を重ねてから、もう四日が過ぎていた。あれから蒼はヴァルトスと会っていない。

蒼は毎日それとなくヴァルトスの再訪を待っていた。

ヴァルトスと蒼の部屋は近い。ちょっと足を伸ばせばすぐさま顔を見られる。だがヴァルトスは来なかった。四日もの間、一度も。

優男の推測は当たっている。蒼は助けてくれたのはヴァルトスだと思った。そうであって欲しかったからだ。

あの行為に何の意味もなかったとわかっているのに、蒼はヴァルトスが恋しくて堪らなかった。バカだと自分でも思うが、どうしようもない。

自分から会いに行こうかとも思ったが、一度寝ただけで恋人面して押し掛けたりしたら鬱陶《うっとう》しがられそうで怖かった。それに、会ってどうすればいいのかが蒼にはわからない。

好きだと掻き口説く？　向こうは自分をそんな風には思ってないとわかっているのに？

蒼はヴァルトスには迷惑な奴だと思われたくなかった。

〝ゾウは本当に僕たち竜とは違うんだね〟

感慨《かんがい》深そうに呟いた優男に蒼は濡れたように光る目を向ける。

「小さいって言いたいんですか」

蒼の頭は優男の肩までしか届かない。

〝違うよ。いつも難しい顔してぐるぐる考え込んでばかりいるって事〟

ひょいと伸びてきた指に眉間の皺を直され、蒼は顔を顰めた。

「竜だって考え事くらいするでしょう？」

〝ゾウみたいには考えないよ。僕たちは直感を信じているからね。この人となら幸せになれるって感じたら、僕たちは即座に求愛しに行く。こんな風にね〟

優男が広げた掌の上には、小さな花が載っていた。

――雄竜たちは皆、蒼に好意を寄せてくれる。

でもそれは、いい匂いがするからだ。

「それはしまってください。そんなものを俺に渡したら、きっと後悔しますよ」

初めは嬉しかった。自分にも恋する事が許されるのかと胸が弾んだ。でも事態は、蒼が思った程お気楽ではなかった。

彼らが好きなのは蒼の匂いで、蒼自身ではないのだ。

――匂いだけ愛されるなんて、滑稽《こっけい》だ。

挑発的な蒼の言葉に、優男は穏やかに笑んで首を振る。

〝たしかに蒼はいい匂いがするけれど、それだけの理由で求愛したりはしないよ。ソウ自身をいいと思ったからだ〟

優男の容姿は整っていた。そのせいで甘い言葉が余計嘘くさく感じられる。

竜の世界では蒼はちびの不細工で、美しい竜の雄にいいと思われる要素など何一つない。

――匂い以外は。

「俺の事なんか何も知らないくせに」

優男の笑みが深くなった。

〝知っているよ。僕たちは全部知っている〟

知っている――？

我知らず、ざわりと鳥肌が立つ。

全部知っているって、どういう事なんだろう。竜たちは皆、妙に勘がいいが――。

「それは――」

〝ロディア、離れろ〟

冷え冷えとした声に、ハニーブロンドがびくりと躯を揺らした。いつの間に来たのか、厳しい顔をしたヴァルトスが胸の前で腕を組み、二人を睨《ね》め付けている。

〝おやヴァルトス様、ソウを構うのはやめたのかと思っていました〟

優男の挑発的な言葉に、ヴァルトスの瞳孔がすうっと縦長に変化する。

優男はわざとらしい溜息をつき立ちあがった。

〝申し訳ありません。邪魔者は退散いたします。じゃあね、ソウ〟

蒼は慌てて立ちあがると、行ってしまおうとする優男に上着を差し出した。

「あの、これ……！　ありがとうございました」

ハニーブロンドの優男が甘やかな笑みを見せる。小竜が翼を広げ、優男を威嚇した。

優男が一瞬で竜に変身し空へと飛び立ってゆくのを両手を握り合わせ見送っていると、ヴァルトスが吐き捨てるように言った。

〝雄に近付くなと言ったろう〟

蒼は竜石の上に渦を描く白い髪を見つめる。

「申し訳ありません。心掛けます」

ヴァルトスは蒼のつむじを見下ろし何か言いたげに口を開いたものの、結局何を言う事もなく唇を引き結んだ。

踵を返し、その場を離れようとする。ブーツの爪先が向きを変えるのを目にした蒼はとっさに待ってと口にしていた。

〝何だ〟

素っ気ない態度に蒼の視線が揺れる。

「あの、葉っぱがついてます」

蒼は膝を突くと、ヴァルトスの髪へと手を伸ばした。ヴァルトスたちは基本が獣だからか、色々なところが大雑把《おおざっぱ》だ。綺麗な髪を平気で引きずって歩く。純白の髪には何処で拾ってきたものか、枯れ葉が一枚ついていた。

「折角《せっかく》綺麗なのに、引きずって歩くなんてもったいないです。よかったら俺、結いましょうか」

ヴァルトスの眉間に皺が寄る。

厭なんだろうか。

そう思ったらきりきりと胸が痛んだ。

髪を結う、なんてただの口実に過ぎない。蒼はただもう少しヴァルトスと一緒にいたかっただけ。

だがヴァルトスの眼差しは冷ややかだった。さもしい思惑が見透かされたような気がして、蒼は手にしていた枯れ葉を握り潰す。

——今すぐ此処から逃げ出したい。

そんな事を思っていると、不意にヴァルトスが動きだし、段になった岩の縁に荒々しい仕草で腰掛けた。長い髪を後ろに払う。

了解してくれたのだと気付き、蒼は詰めていた息を吐いた。ヴァルトスの後ろに回り、膝を突いて、長い艶やかな髪を手に取る。

「あの、ヴァルトス様って、千年も眠っていらしたんですよね。なのにどうしてヒナやロディアの名前を知っていたんですか」

重苦しい沈黙に耐えられず、蒼は不思議に思っていた事を尋ねた。ヴァルトスの髪は艶やかでさらさらと肌の上を流れる。

一言に長いといっても髪の長さはまちまちだ。

細くなった毛先を取ると、長さの足りない髪が落ちた。引きずらない程度の長さの髪を残し、蒼はすくい上げた髪を編み始める。

〝完全に眠っていた訳ではない。何かあったらすぐ対処できるよう、小竜を通してパラディソスを見守っていた。この地で生まれ死んでいった者の名を、私は全て知っている〟

凄いな、と蒼は思う。パラディソスに住む竜の数は多い。その全ての名前を知っているなんて。

凡庸《ぼんよう》な蒼には、ヴァルトスが超人のように思えた。自分と、ひどく遠い存在に。

手首に巻いてあった飾り紐を取り、蒼はヴァルトスの髪を結ぶ。

「できました」

立ちあがるヴァルトスの背中を白糸が流れ落ちるが、もう地面に引きずる長さはない。

ヴァルトスが表情の読み取れない赤い瞳で蒼を見下ろす。

〝器用なものだな〟

「妹の髪が長かったので、小さい頃よくやってあげたんです。三つ編みと編み込みくらいしかできませんけど」

ああやってこうやってと一生懸命訴えかけてきた幼い妹の姿を思い出し、蒼は小さく微笑む。

今では妹は蒼に髪など触らせない。蒼が変だと気付いてしまったからだ。

映画の話をしていた時だったろうか。どの男優が格好いいかなんて他愛のない話をしていて、妹に言われた。

お兄ちゃんて、ヒロインそっちのけでヒーローばっかチェックしているよね。男の人の方が好きみたい。

なんだよそれ、と。笑えばよかったのだと思う。だが蒼にはできなかった。

強張った蒼の表情を見て、妹は口を噤んだ。

翌週、従兄弟に笑いながら聞かれた。

なあ、——ちゃんが心配して相談しに来たぜ。おまえって、ゲイなの？

話が親族中に広がるまで、何日もかからなかった。蒼は青くなった両親と祖父に問いただされた。

一体どういう事なんだ、蒼。

妹は徹底的に蒼を避けるようになった。よく懐いてくれていた妹によそよそしい視線を向けられる度、蒼はひどく淋しくなった。

あの時うまく笑えていれば。

あるいは従兄弟をうまく誤魔化せていれば、きっと誰も傷つけずに済んだのに。

蒼はどうしようもなく不器用で、何もかもを悪い方向へと転がしてしまう。

〝ソウ〟

ぼんやりと自分の思考に浸っていた蒼は、はっとして顔を上げた。

ヴァルトスの瞳がひたりと自分を見据えている。まるで蒼の内奥を見透かそうとしているかのようだ。

「すみません、俺、ぼうっとしてしまって――」

ついと近付いてきた白皙の美貌に動揺し思わず目を伏せると、唇に柔らかなものがそっと押し当てられた。

え――？

するりと掌で蒼の頬を撫で、ヴァルトスは小柄な躯を抱え上げる。揺れる視界に反応できず、蒼はとっさにヴァルトスにしがみついた。

周囲に他の竜もいるのに、ヴァルトスは蒼を横抱きにしたまま平然と通路へと入っていく。竜たちにも騒ぎ立てる様子はないが、蒼は狼狽えた。

「あの……？　ヴァルトス様、何処へ行くんですか？　俺今、別に腰抜かしてませんけど……」

〝ヴァルでいいと言った筈だが〟

指摘され、蒼はようやく元の呼び方で呼んでいた事に気が付いた。

「あ……、すみません」

〝罰が必要なようだな、ソウ〟

「え……？」

ヴァルトスの肩の上で小竜が尻尾を鞭《むち》のようにうねらせる。

＋　＋　＋

ソウにはもう二度と触れまいと思っていた。

だが他の雄がソウに近付くのを察知した途端、何もかもが頭から吹き飛んだ。

触るな。

これは、私のものだ。

ヴァルトスは大股に通路を進んでいく。

緊張しているせいか蒼の体温が少し上がり、ふわりと匂いが強くなった。突き上げてくる欲望に、ヴァルトスは奥歯を噛み締める。

——蒼は自分の内心が全てさらけ出されてしまっている事を知らない。

ヴァルトスには好きだという蒼の思念《こえ》がいつも聞こえていた。

ただの恋の唄なら聞き流せたかもしれない。だが蒼はヴァルトスを恋い慕う一方で必死に己を抑えようとしていた。己の恋心を取るに足らないもののように扱い、ヴァルトスとの事を一時の過ちと片付けようとしていた。

——気に入らない。

蒼に迂闊に手を出せば、元の世界に戻してやれなくなる。だからヴァルトス自身、もう近付かないと決めていた。なのに蒼にそんな風に思われると無性に腹が立つ。

「あの、ヴァル。罰って何ですか？　まさか本当に何か——酷い事をする気なんですか？」

不安そうな様子にまたそそられる。激烈な衝動に駆られ、ヴァルトスは強引に蒼にくちづけた。舌を挿し込み、口を閉じられないようにしてから唾液を流し込む。

「ん……っんん……っ」

こくりと蒼の喉が動く。飲み下したのを見計らって顔を上げると、蒼は耳まで上気させていた。いじらしい思念がヴァルトスに届く。

——罰ってもしかしてそういう事？　ヴァルにまた抱いてもらえるのか？

——嬉しい——。

濡れた唇が艶めかしい。甘い匂いが強くなる。

近くにいる雄たちが色めき立つ気配を感じ取り、ヴァルトスは足を速めた。

蒼の部屋に入り、真っ直ぐに寝室へと向かう。足で蹴って扉を閉めると、ヴァルトスは寝床に運ぶのももどかしく、再び蒼の唇を塞いだ。

「ん……ふ……っ」

くちづけながら自分の胸までしかない小さな躯を下ろし、壁に押しつける。

前立てを開き、熱を帯び始めた柔らかな塊を揉むと、少女のように細い腰がひくりと引けた。同時に、もっと、とねだる思念を感じ取り、ヴァルトスの口角が上がる。

耳の下の一際匂いの強い場所を吸いながら蒼の後ろ襟を指先で引くと、小竜がいつもの不器用さが嘘のようなすばしっこさで、蒼の上着の下に潜り込んでいった。

「あっ、ちょ、何す……っ！」

小竜を振り落とそうと蒼が躯をくねらせる。

〝じっとしていろ〟

蒼の背中にしっかりしがみついた小竜の尻尾がしなり、緩んだズボンのウエストから尻の谷間へと忍び入った。

「え……え!?」

思わせぶりに蕾をくすぐってから、小竜が侵入を開始する。

「あ……っ、やめ……っ」

服を着たままずぶずぶと体内を犯された蒼がヴァルトスにしがみついた。

服越しに感じられる熱い肉体に、血潮が滾る。

誘われるままヴァルトスは上着の下に手を差し入れ華奢な腰のラインを撫で上げた。

「や……っ」

ぐ、と尻尾を突き入れると、蒼がひくんと躯を仰け反らせ、内壁を痙攣させる。

「あ、う……っ」

そこ、――いい――…っ
喜悦に震える蒼の思念は、ヴァルトスをも陶然とさせた。

新たに知った場所をじっくり責めてやると、たちまち愛らしい啼き声があがり始める。

ずん、と小竜の尾を付け根近くまで突き入れ、ヴァルトスは蒼の躯を引き寄せた。

「あ……キツ、い……っ」

〝触ってみろ〟

蒼の手を取ったヴァルトスは小竜の尻尾が挿入されている場所へと導き、境目をなぞらせる。

「あ、うそ……っ」

思っていたより太い部分まで入ってしまっている事を知った蒼が脅えを見せた。

ヴァルトスはよりはっきり感じるよう、尻尾をゆっくり出し入れしてやった。蒼の体温であたためられた鱗が震える指を擦る。

〝そら、わかるか？　そなたの中に私がいる〟

「あ……あ……」

蒼の中に突き上げてきた歓喜をヴァルトスは噛みしめた。

蒼の悦びは更なる喜びをヴァルトスにもたらす。

前を緩めただけだった蒼のズボンを腿まで引き下ろし、ヴァルトスは硬く立ちあがった蒼自身を露わにしてやった。

床に膝を突き、尻を抱えるようにしてふらつく蒼を支える。ひくついている蒼のモノを口に含みわざと水音を立てて舐めてやると、蒼は大きく仰け反った。

——どうしよう、ヴァルにこんな事をさせてはいけないのに、気持ちい……い——っ。

拒否、できない——。

甘く蕩けてしまった蒼の思念を受け取り、ヴァルトスは満足げに眼を細める。

たとえ濡れてなくても、光沢のあるなめらかな鱗は蒼に苦痛を与えない。ゆるゆると出入りする尻尾に官能を刺激され、蒼は乱れた。

「ひ、あ……っ、あ……っ、あ、あ……っ！」

小さな尻の肉を揉んでやると中が当たって気持ちいいのだろう、蒼が身をよじって啼く。

竜と違って脆《もろ》く壊れやすい蒼を、ヴァルトスは細心の注意を払って優しく愛撫した。

幾分可愛らしく見えるモノを丹念に舐めねぶると、すぐ先端に蜜が滲んできて、汗より

数段濃い甘い芳香が口の中に広がる。

「だめ……っもうっ、出る……っ」

絶頂に達しようとしているのを感じ取り、ヴァルトスは喉の奥まで蒼を呑み込み強く吸った。同時に尻尾で蒼の好きな場所をやんわりとつついてやる。

蒼の躯がびくびくと震えた。ヴァルトスの頭を掴み、腰が折れそうな程反り返る。

「――――――っ」

蒼が放った法悦の叫びは、ヴァルトスにこの上ない満足感を味わわせた。

口の中に吐き出された蜜をヴァルトスは何の躊躇いもなく飲み干す。

「あ――だめ、です。出してください。汚い、です……」

いつもより熱い掌に両頬を挟まれ、ヴァルトスは上目遣いに蒼を見上げた。はあはあと喘ぎながら蒼が泣きそうな顔でヴァルトスを見つめている。

〝汚くなどない。蒼の精はとてもいい匂いがするし、甘いぞ〟

「――そんなものまで匂うんですか」

蒼の思念に切なげな色が混じったのに気付き、ヴァルトスは眼を細めた。

――やっぱりヴァルトスは、俺のこの匂いが気に入っているだけなんだ。

違う。

そう言いたかったが言う訳にはいかず、ヴァルトスはただ蒼を掻き抱いた。

「――ヴァル？」

伴侶にしないのなら、こんな風に蒼に触れてはいけない。

わかっていたがヴァルトスにはやめられない。躯の奥深くから湧き上がってくる情欲はまるで嵐。抑制が利かない。

骨張った指の先が蒼の上着の下に忍び入り、鴇色《ときいろ》の胸の頂を摘む。

小さな尖りをつねり上げると蒼は躯を竦ませた。だが股間のモノは竦むどころかひくりと反応し、熱を持ち始める。先端を掠める度発される思念から、蒼が此処を弄られるのが好きな事をヴァルトスは知っていた。

こりりとしこった粒を指の腹で潰してやると、甘えたような鼻声が漏れる。双の乳首にきゅうっと爪を立てられた蒼が仰け反った。

「ひあ……っ」

半裸で快楽におののく蒼の躯は同族の雄とはまるで違い小さく華奢で欲をそそる。おまけに官能的な香りが容赦なくヴァルトスの理性を蝕み、抱いてしまえとそそのかす。触れずには、いられない。

――欲しがっている言葉を与えてやる事はできないが、せめて欲しいだけの快楽を。

〝うんと、可愛がってやる〟

ヴァルトスが零した言葉に、蒼は脅えたような表情を覗かせた。だが表情とは裏腹に、蒼の心が期待に震えているのを、ヴァルトスは知っている。

毛皮の寝床に蒼を突き倒し、ヴァルトスは小柄な青年の躯に覆い被さった。熱に浮かされたような嬌声が寝室に響く。

＋　＋　＋

扉の隙間から柔らかな午後の陽射しが差し込んでくる。

目を覚ました蒼は、寝床の中で大きく伸びをした。

「う――――ん」

何気なく横に伸ばした手がなめらかな鱗に触れる。寝床の中には共寝をしていた筈のヴァルトスではなく小竜が丸くなって眠っていた。

ヴァルトスはもう起きて隣の部屋にいるらしい。少し開いた扉越しに低い話し声が聞こえる。

蒼は上掛けを引っ張り剥き出しになった肩を覆った。

二度目の情交の後、ヴァルトスは毎夜のように蒼の部屋を訪れるようになった。蒼を膝の上に乗せ――子供みたいだが竜の夫婦間では普通の愛情表現らしい――、くちづけ、一緒に寝床に入る。情熱的に蒼を求めてくれるが、最初に拒否したからだろう、尻尾以外のものを蒼の中に入れようとはしない。

ヴァルトスは、蒼に優しい。

だが相変わらず好き、という言葉はくれない。

花を贈ってくれる事も、蒼がかつて贈った花を髪に挿して見せてくれる事もない。

ヴァルトスがどういうつもりなのか、蒼にはわからなかった。

マノリアに聞いてみたところ、竜には恋人期間などないらしい。ぴんと来たら即座に婚姻を成し子作りにいそしむのが普通なのだと言う。獣らしい単純さである。

そんなに性急に相手を決めてしまって失敗しないのかと蒼などは心配になるが、竜の雄は一途に伴侶を愛する。喧嘩別れをするような夫婦は滅多になく、衝動的に始まった関係は殆どが死ぬまで穏やかに継続するのだそうだ。今蒼が置かれている状況は竜たちにとっても異例なのだ。

考えると苦しくなる。――だから蒼は考えるのをやめた。竜の『普通』などどうでもいい。所詮《しょせん》蒼は竜ではない。それに蒼は今の状況に満足している。二度と近付くなと遠ざけられるより、ずっといい。

自分は幸せだ、と蒼は思う。

好きな人の傍にいる事を許されて、抱いてもらえて、とてもとても幸せ。

小さな軋み音をあげ、扉が開いた。ヴァルトスが顔を覗かせる。

〝ソウ、オルカが食べ物を持ってきた。食事の前に湯浴《ゆあ》みをしてこい。それから——後でまた髪を結って欲しい〟

「……はい」

ヴァルトスの髪を結うのは蒼の役目になりつつあった。

甘えられているようで嬉しい。

蒼はヴァルトスが湯を張ってくれた浴室で汗を流すと、身なりを整えてから寝室を出た。

テーブルの上には色石のついた色とりどりの飾り紐と、大きな籠に盛られた果物が用意されていた。

竜たちは一日に一食しか食べない。決められた時間に食堂に行かなければ食いっぱぐれる。だがいつもオルカが気を利かせて果物を確保してくれるお陰で蒼はどんなにひどい寝坊をしても飢えずに済んでいた。

ヴァルトスと一緒にいる所を見られるのは気まずかったが、オルカの態度は以前と全く変わらない。キスして求愛した事などなかったかのように、ヴァルトスに命じられるまま細々と蒼の世話を焼く。

ぽつり、ぽつりと他愛のない言葉を交わしながら、蒼はヴァルトスと食事をとる。不器用に果物を食べるさまが面白いのか、ヴァルトスは大抵じっと蒼を見ている。ヴァルトスは口数が少なくあまり喋らない。それでもいかにも恋人同士っぽい気分を味わえるこの穏やかな時間が蒼は好きだった。たとえ幻のようなものに過ぎないとわかってはいても。

やがて燦々と差し込んでいた陽光がふっと翳った。窓の前を竜が横切ったのだろうと何気なく目を上げた蒼の手が止まる。

窓の外にしゃがみ込み、室内を覗き込んでいる男がいた。燕尾服を着ている。カフェテラスで会った男と、同じ。

蒼と目が合うと、男は片方の手を上げ、へらりと笑った。

〝よお、久し振り！〟

「おまえは……っ！」

気持ちの悪い物を飲まされた事や大空高く放り出された記憶が一気に蘇り、蒼は勢いよく立ちあがった。怒りにまかせ掴みかかろうとするが、男が人差し指を振った途端視界が回り——気が付けば蒼は片眼鏡をかけた男に羽交《はがじ》い締めにされていた。

非力な己に蒼は歯がみする。

〝よう、元気だったか、ニンゲン〟

〝ソウを放せ、ディー〟

静かにソファに腰掛けていたヴァルトスの瞳がすうっと縦長に変形する。怖ろしい覇気が放たれたが、男にヴァルトスを畏れる様子はない。ひょいと肩を竦めただけで、蒼を放すどころか逆に首筋に鼻を埋める。

〝ディー!〟

〝いやはや凄い匂いだな。パラディソス中がこいつの匂いに染まってやがる。しっかし折角てめえ好みのコを探してお膳立てしてやったってーのにまだヤってないとは、相変わらずの腰抜けっぷりだなあ、ヴァルトス〟

男はヴァルトスの知り合いらしい。

蒼は男の腕から逃れようともがいた。

「放せ! 放せよ!」

〝ディー、ソウを放せ。ソウが此処に来たのはそなたの仕業だったのか。一体どういうつもりだ〟

〝だーってヴァルトス、いつまでも寝ていて起きてこねえんだもん。だから起きたくなるようにし向けてやったんだ〟

貴族的な容貌を子供っぽく顰め言い訳をする男に、オルカが声を荒げた。

〝翼もないニンゲンを天空に放り出すなんて、一体何を考えているんですか、ディアマンディ様は。ソウが地上に落ちて死んだらどうする気だったんですか〟

〝雄どもがこんな匂いを発している奴を見逃す訳ねーだろ。別にいーじゃねーか、こいつは向こうの生活が厭になったところだったんだ。こっちに来ればこいつがずーっと欲しがっていたものが手に入るんだし、悪い話じゃねえ〟

〝ソウが欲しがっていたものとは何だ？〟

黒髪に高い鼻を埋めうっとりと眼を細めていたディアマンディが、にんまりと口元を歪めた。

〝——そうだなァ、素敵な恋人？〟

何て事を言いだすんだ、こいつは！

蒼は渾身《こんしん》の力を振り絞って暴れた。不意を突かれたディアマンディの拘束が緩んだ隙を逃さず身を振り解く。自由の身になると同時に気取った顔を殴ろうとしたが、ディアマンディはひょいと頭を仰け反らせ避けた。

〝何だよ、ホントの事だろ？　てめえ、失恋したばっかかですげえへこんでたじゃねーか。

こういういい男が欲しかったんだろ？〃

ヴァルトスを指さし嘯《うそぶ》くディアマンディに、蒼は言葉を詰まらせた。

確かにヴァルトスのような素敵な恋人が欲しかった。だがそんな事を口にした覚えはない。

「いい加減な事を言わないでください！　そんな事より、俺に飲ませた種！　あれは何だったんですか？」

〃はは、あれ、凄えだろ？　俺の竜力を練って作ったんだ。竜の雄を惹き付ける素晴らしい芳香を放つ。まあ、てめーに飲ませた分はヴァルトス用に調整したやつだから他の竜に対しての効き目はかなりマイルドになっちまったがな〃

「あれの何処がマイルドなんですか！」

ディアマンディが片眼鏡の位置を直す。

〃だっていきなり押し倒されて突っ込まれたりはしなかっただろ？〃

「な……っ」

あんまりな表現にわなわな震える蒼に、ディアマンディが淫蕩な流し目を送った。

〃あのなあ、未調整のやつの匂い嗅いだら、竜の理性なんか吹っ飛んじまうんだぜえ？群がられて輪姦コースまっしぐらレベル。つかさ、何でおまえヴァルトスにそうされて

ねーんだ？〃

「え……？」

〃てめえに飲ませたやつはヴァルトス限定でそれだけの威力を発揮する筈だぜ。あー、もしかして俺の見立て違いで、てめえにはヴァルトスが喰いたくなる程の魅力がなかったのか？〃

蒼は息を詰まらせた。

――自分に何の魅力もない事くらい、わざわざ言われなくても知っている。

――全部匂いのお陰だって事もわかってた。そうでなければ、ヴァルが自分なんかに目をかけてくれる筈がない。

〃あー……〃

ディアマンディが空を見上げ、困ったように頭を掻いた。

〃いい加減にしろ、ディー〃

ヴァルトスが溜息をつき、血が出る程唇を噛み締めている蒼を抱き寄せる。小竜もぱたぱたと蒼の肩の上へと飛んでゆき、頬に身を擦り寄せた。

オルカが取りなすように蒼に声をかける。

〃気にするな、ソウ。ソウは充分魅力的だ。ディアマンディ様は意地が悪いんだ〃

〝偉そうな事言うじゃねーか、オルカ〟

〝自分が一体何をしたかわかっておられるのか、ディアマンディ様は。先刻ディアマンディ様が言った通りソウの匂いは強く、今やパラディソスから溢れ出ている。一体どうすればソウの匂いを無効化できるのか、早急に教えていただきたい〟

オルカの言葉に、蒼は弾かれたように顔を上げた。発情を促す匂いを振りまく蒼の存在は確かに竜たちにとって迷惑かもしれないが、この匂いがなくなったら——蒼はヴァルトスの寵《ちょう》を失ってしまう。

ディアマンディがヤンキー座りをやめ、室内に降りてくる。

〝んなもん簡単に教えるかよ〟

〝ディアマンディ様!〟

ヴァルトスがゆっくりと席を立った。

〝ディー、そなた、蒼のいた世界に自由に行く事ができるのか?〟

〝ああ？　いつだって行けるぜ？　このガキ、戻すか？〟

蒼が弾かれたように顔を上げた。

——帰れる？　元いた世界へ？

心臓が、鼓動を早める。

ディアマンディの肘を取り、ヴァルトスが命じた。

〝術について詳しく聞きたい。私の部屋へ来い〟

ヴァルトスたちが慌ただしくディアマンディを連行していくのを蒼はぼんやりと突っ立ったまま見送った。そのうち居ても立ってもいられなくなり小竜を肩に乗せ部屋を出た蒼は、通路を抜け日向ぼっこする竜たちの間をあてどもなく歩く。

「帰れる――」

帰るべきなんだろうか。

当たり前だ。

此処では蒼は自力では水一滴さえ手に入れられない。何もかも竜に助けてもらって生きている。だが元の世界でなら、蒼は誰に頼る事もなく生きてゆける。

蒼がいるべき世界は向こう。帰った方がいいのは明白だ。

でも。

「帰りたく、ない――」

蒼は小さな声で呟いた。

ヴァルトスの傍にいたい。

〝じゃ、帰らなきゃいいんじゃない？〟

ぐるる、と竜が喉を鳴らす音に空気が震える。見上げると遙か高みから巨大な竜が蒼を見下ろしていた。

〝別にパラディソスでの暮らしに我慢できないって訳じゃないんでしょ？　ならこっちにいたらいいじゃない〟

「あの、失礼ですが……？」

首を傾げると、竜はひどく人間くさい表情を見せた。

〝やだ、わかんないの？　あたしよ。マノリア〟

「ええ？」

蒼は頭を反らし巨躯を見上げた。竜型になったマノリアは際立って大きかった。斜面の一角を完全に塞いでしまっている。

「マノリアさんってすごく大きいんですね」

〝ええ。あたしはパラディソスでは四番目に年寄りだから〟

「年齢と大きさに関係があるんですか？」

蒼は壁のように聳え立つマノリアの横腹へと近付いていった。

〝竜は生きている限り躯が大きくなる生き物なのよ。大きければ大きい程年を取ってるって訳。ある程度以上大きくなると場所を取りすぎるからニンゲン型での生活に切り替えるんだけど、時々無性にひなたぼっこしたくなっちゃうのよね〟

竜石でできているという鱗で覆われた躯は、触れてみるとひんやりしており硬かった。だが確かに生きており、ゆっくりと膨らんだり萎んだりを繰り返している。

「じゃあもしかして、いつもニンゲン型でいるオルカさんも結構お年寄り？」

〝そうよ。パラディソスで三番目に年寄りなのがオルカ様。二番目がディアマンディ様。ちなみに竜の社会では年齢が上なら上である程偉いって事になるの。だからあたしが敬称を付けるのは三人だけ〟

「では、ヴァルは――」

〝此処では一番年上で一番偉い竜よ。パラディソスの竜の長。あの方はいわば、空を統べる王ね〟

「王様……っ!?」

蒼が驚愕の声をあげるのと同時に、凄まじい風が起こった。

それまでのんびりと寝ていた竜たちが一斉に起き上がり、羽ばたいている。

「え――？」

傍にいた一匹が猛々しい咆哮をあげ飛び立った。他の竜も一斉に翼をうち振るい、身を躍らせる。マノリアもまた蒼には聞こえない何かに耳をそばだてた。

〝ごめんなさい、ソウ。あたしもちょっと行ってくるわ〟

そう言うマノリアの眼は縦長に変形し、鋭い光を放っている。

「マノリアさん、どうしたんですか？　外で何か起こっているんですか？」

返答はなく、赤みを帯びた翼が広げられる。とっさにしゃがみ込み両腕で目を庇《かば》う蒼の黒髪が強い風に煽られた。マノリアの巨躯が見る間に遠ざかり、パラディソスの外へと消えてゆく。

窪地にはもう誰もいない。

蒼は身を翻した。

此処にいては何が起こっているのかわからない。竜たちはパラディソスの外側にいる。

蒼は竜たちの気配が消えた通路を抜け、下界を見下ろせる場所へと向かった。穴の縁に両手を突いて身を乗り出すと、竜たちがあちこちで火を噴いているのが見えた。黒っぽい躯の成竜たちの周囲に更に黒い、闇色の点が無数に群れている。

――魔物だ。

あまりの数に震えが来た。

夏の水辺で群を作る羽虫のように、無数の魔物が空を舞っている。パラディソス目掛け飛来しようとしているのだ。

ふっと厭な考えが頭に浮かんだ。そういえばヴァルトスは言っていなかっただろうか。蒼の匂いは魔物を引き寄せると――。

蒼の匂いはパラディソスから溢れ出る程強くなっているらしい。もしかしたら蒼がこの事態を引き起こしているのではないだろうか。

世界が、揺れる。強い目眩に襲われ、蒼はきつく目を閉じる。

いや、違う。目眩じゃない。パラディソス全体が、現実に小さく揺れているのだ。

陽射しが遮られたのに気付き見上げると、空を覆わんばかりに大きな白い翼が見えた。

これ程までに大きな竜を見るのは初めてだ。それにこの汚れのない純白は――。

「ヴァル……!?」

彼方へと向けられていた巨竜の首がゆるゆると向きを変え、紅玉のような瞳で蒼を捉えた。

だがそれも一瞬、すぐさま白竜は竜と魔物が争っている下方へと優雅に身を躍らせる。大きな顎が開かれ、火が放たれた。

魔物も竜も関係なく包み込む巨大な火炎に一瞬指先が冷たくなったが、どうやら竜は同胞の火では灼かれないらしい。何事もなかったかのように、火を逃れた魔物を追ってゆく。

足の力が抜けてしまい、蒼は膝を突いた。穴の縁にぺたりと両腕を乗せ、魔物を駆逐《くちく》し

つつある白竜を見つめる。

——あれがヴァルトスの本当の姿なのだろうか。

「俺が抱かれていた相手って、あんなに大きくて強い、空の王だったのか——」

皆がよくしてくれたのも当然だった。蒼はいわば、この地の最高権力者に保護されていたのだ。

気が遠くなりそうだった。

そんな存在に蒼は、毎夜のように寝床で自分のモノをしゃぶってもらっていた。それ以前はヴァルトスの分身である小竜をぬいぐるみのように抱き締めて眠り、身の程知らずにも花を捧げさえした。

——あんな人に求愛されたいと望んでいた。

「は……はは……」

蒼は更にずるずるとずり落ちると、穴の下に座り込んだ。先刻までとは違う意味で膝が震えた。何もかもが足元から崩れ去っていこうとしている気がした。

一体どれだけの間そうやって座り込んでいただろう。

壁に背中を預けて膝を抱き、ぼんやりと床を見つめていた蒼の頬を何かがするりと撫でた。蒼がのろのろと目を上げると、ヴァルトスが身を屈め。蒼を覗き込んでいた。

紅玉のような瞳が心配そうに眇められている。肩から滑り落ちる純白の髪が目に眩しい。

本当に、何て綺麗なんだろう、この人は。

「さっき、たくさんの魔物たちと闘っているのが見えました」

蒼が力のない声で告げると、ヴァルトスは何でもない事のように頷いた。

〝ああ、パラディソスが魔物の巣の上を通過したからな。だが全て焼き払った。何も心配しなくていい〟

「ヴァル、魔物たちは俺の匂いに引き寄せられて此処に来ようとしていたんじゃありませんか？」

〝ゾウが気にする必要はない〟

ヴァルトスは否定しなかった。

〝いや、あんだろ。ちゃんと教えてやれよ。てめえの言うとーり、あいつらはてめえの匂いを嗅ぎつけてパラディソスに飛来しようとしてんだ〟

通路の奥にディアマンディのひょろりとした姿が現れた。気取った仕草で片眼鏡の位置を直し、歩み寄ってくる。

ヴァルトスの眉間に影が落ちる。付き従っていたオルカも不愉快そうにディアマンディを睨み付けた。

〝ディー〟

〝なァに怒ってんだよ。別にいーだろ？　こいつを元の世界に返しちまえば全て片付く話だ〟

では本当にそうだったのだ。

あんなにたくさんの魔物が皆、蒼を喰らわんとパラディソスに来ようとしていた。

そう思ったらあまりの恐ろしさに肌が粟立った。

だが問題はそれだけではない。

「魔物は、竜にとっても危険な存在なんですよね？」

そうでなければ、あんな風に常時警戒して焼き払う筈がない。

〝子竜にはな。だが子竜には窪地を出ないよう言いつけてある。魔物は近付けない〟

「ヴァル、気を遣ってくれなくていいです。俺が此処にいる事で、子竜たちまで今までにない危険に晒《さら》されている——そうなんでしょう？」

きっと妙な匂いを放つ蒼がいなければ、魔物があんなにも群れてパラディソスに来ようとする事はなかったのだ。オルカが匂いを無効化する方法を尋ねたのも、だからだったのだろう。

まただ。また蒼は皆に迷惑をかけていた。

蒼は掌に爪を立てる。

犠牲者が出る前に、なんとかしなければいけない。

「俺、元の世界に戻ります」

蒼の言葉を聞いた途端、猛々しい赤の眼が揺れた。

〝駄目だ〟

ディアマンディが緊迫した雰囲気に不似合いな笑い声をあげる。

〝はは、同族の安寧《あんねい》が脅《おびや》かされてもソウを傍に置いておきたいか。随分惚れ込んだものだなあ、ヴァルトス。俺の目は正しかったって訳だ〟

蒼が思わず見上げたヴァルトスの顔は強張っていて、何の感情も読み取れなかった。ほら、違う。ヴァルトスが自分を好きだなんて、そんな事がある訳ない。

オルカが苛立たしげに文句をつける。

〝元はといえばディアマンディ様が余計な事をしたからこんな事になったのではないか！〟

〝しょーがねーだろ。こうでもしなきゃ、こいつ起きねーんだもん〟

〝起きればよいというものではない。別にもっといい方法がいくらでもあったのではないか？〟

〝んなモン片っ端から試したに決まってんだろ。でも駄目だったんだよ。いいじゃねーか、俺は千年も待ったんだぞ。見ろ！〟

ディアマンディは皺の寄り始めた手を皆に示した。

〝こいつが眠りについた時、俺はまだ子竜だったのに、今じゃこんなじじいだ。ぼうっと待ってたらこいつが目覚める前に俺が死んじまう！〟

死ぬ――――？

オルカが気まずそうに眼を逸らした。誰も何も言わない。ディアマンディがケッと小さく毒づき、外へと抜ける穴に片足を掛ける。

〝ディー〟

子供の頃のディアマンディをそう呼んでいたのだろう、ヴァルトスが幾分柔らかな声で愛称を呼んだ。

〝すまなかった、ディー〟

〝うるせえ！〟

年齢にそぐわぬ俊敏《しゅんびん》な動きで穴を抜け、ディアマンディは姿を消した。

〝そういえば子供の頃のディアマンディ様はヴァルトス様が大好きで、何処に行くにもつ

いて回っておりましたな。ヴァルトス様が眠りにつかれた当初は毎日寝室に入り浸り、起こそうとされていた〃

オルカの言葉に、小さな子供が眠るヴァルトスの傍に膝を突き、起こそうと頑張っている姿が蒼の頭に浮かんだ。

ディアマンディがした事は許される事ではないが、蒼の怒りは急速に萎んでいった。

ディアマンディはある意味蒼と同じだ。

手に入らないものを欲しがって、必死になって足掻いている。

〃落ち着いた頃捕まえて話をしよう。あれはもう子供でない。分別がついていい頃だ〃

長い髪を掻き上げ、ヴァルトスが蒼へと手を差し伸べる。蒼はヴァルトスの手を借り立ちあがると、小竜の頭を撫でた。既にディアマンディの姿は見えない。

「ちびちゃん、行こう」

だが小竜は蒼を無視し、通路の奥へと歩きだした。

「ちびちゃん？」

蒼の呼びかけにも全く反応しない。

〃ソウ、放って置け。それはディアマンディを追っているのだ。後で話をせねばならぬからな〃

ヴァルトスの言葉に蒼は表情を引き締めると小竜の後を追い歩きだした。

「ヴァル、先に部屋に戻っていてください。俺もあの男には聞きたい事がたくさんあるんです」

ヴァルトスたちの返事も聞かず、蒼は薄暗い通路へと折れる。

小竜は複雑にうねる通路を迷う事なく辿ってゆく。やがて天井の一部が崩れ陽光が差している場所まで来ると、小竜は翼を広げ外へと飛び出していった。

穴は蒼が背伸びして、ぎりぎり手が届くくらいの高さにある。

蒼も床に積もった竜石の上に乗り穴の縁に手を掛けると、壁の凹部にブーツの爪先を引っ掛けよじ登った。

穴の外にはパラディソスには珍しい草地が広がっている。一面に黄色い花が揺れ、その向こうには空しかない。

〝無理矢理巻き込んで悪かったよ〟

ふてくされたような声の方を振り向くと、ディアマンディが岩壁に背中を預け、咲き誇る花を眺めていた。胡座を掻いた膝の上で小竜が丸くなっている。

蒼は立ったままディアマンディを見下ろした。

「ヴァルにもう一度会う為にこんな事をしたんですか？」

ディアマンディは返答の代わりに肩を竦めた。

〝悪《わり》ィな。竜は俺くらいの外見年齢になると急激に老化が進むんだ。早くしねえと間に合わねえって思ったら、急に懐かしい顔に会いたくて我慢できなくなっちまってよ〟

皺の寄り始めた手をディアマンディは開閉する。最後にきつく握り込んだディアマンディの手は加齢のせいか震えていた。

「それでも、どういう事になるか、考えなかったんですか？　俺のこの匂いのお陰で、パラディソスは魔物の脅威に晒されている」

灰色の瞳が蒼を捉えた。

〝よく効く惚れ薬だったろう？　あいつが好きなもの全部を掻き混ぜて作ったんだ。あいつの母親に兄に妹の欠片、日向に咲く花の匂い、滅多に手に入らない甘い果実〟

両手を振り回し歌うように語る様子が蒼の神経を逆撫でした。

「ふざけないでください。そんな匂いでヴァルを惚れさせて、何の意味があるんですか。あなたの望む通りヴァルは目覚めた。でもパラディソスを守る為には俺は帰らなくてはならない」

文句を言っても無駄なのはわかっていた。

多分ディアマンディにとっては、蒼の気持ちなんてどうだっていいのだ。

大事なのは、ヴァルトスだけ。

蒼がヴァルトスに恋してようが——その事でどんなに傷つこうが、どうだっていい。いつだってそうだった。誰もが好き勝手な言葉を投げつけるだけ投げつけて、蒼がどう感じるかなんて考えない。

蒼がゲイだから。竜ではないから。どうでもいい存在だから。

でも蒼はヴァルトスに恋をした。

片恋に過ぎないのかもしれないが、どうしても失いたくない。優しいキスも、愛おしげに撫でてくれる掌も、時折ヴァルトスが見せてくれた微笑も。初めてヴァルトスがくれた物、全部、全部、全部。

〝あのよう、実は一つだけあんだよな。てめえの匂いを消す方法が〟

躊躇いがちに切り出したディアマンディに、蒼は食いついた。

「一体どうすればいいんですか」

〝あー、その、な。……ヤりゃあいいんだよ〟

〝……は？〟

ポケットに手を突っ込み、ディアマンディは首を傾げた蒼に苛々と繰り返した。

〝だーかーら、新しく大量の竜力を流し込めば、あの種は簡単に壊れんだ！〟

——つまり、蒼がヴァルトスと最後までしてしまえば、この匂いは消える——？

蒼はこくりと喉を鳴らした。

だから蒼の部屋に現れた時、ディアマンディには『まだ』だとわかったのだろう。

予想される流血沙汰に恐怖を感じたが、考えるまでもなかった。ヴァルトスに頼んで、最後までしてもらおう。それで魔物が来なくなるならば、躊躇している場合ではない。

子竜の背中をそわそわと撫でていたディアマンディが言いにくそうに唇を舐める。

〝その通り。最後までヤっちまえばてめえの匂いは消える。ただ、そうしちまうと今度はてめえが元の世界には帰れなくなっちまうんだよな〟

「どういう意味ですか？　花をもらってはいけないという話は聞いた事がありますが」

〝そいつと同じ事だよ。長い間想い合ったり躯の中に相手の竜力を取り込んだり、つまり『夫婦らしい』と見なされる関係が成立すると、花なんざ受け取らなくても婚姻が成った事になって魂が結ばれちまうんだ〟

「魂が、結ばれる？」

〝ああ。それがパラディソスの理《ことわり》だ〟

本当なんだろうか。パラディソスの理《ことわり》は蒼の耳にはとてもいい加減な迷信の類《たぐい》のように聞こえる。

だが、と蒼は思い出す。

この世界は蒼がいた世界とは違う。竜力があり、空に浮かぶ島がある。一概に嘘だと決めつけるのは危険な気がする。

――そうすると、どうなる?

蒼は考えを巡らせる。

ヴァルトスと最後までしたら、蒼は魅惑的な匂いを失う。魔物は飛来しなくなるだろうが、ヴァルトスもまた蒼への興味をなくすだろう。

魔物に気を取られそこまで考えていなかった蒼は青ざめた。

きっとヴァルトスは他の竜へと心を移してしまう。だが蒼はもう帰れない。他の竜を愛するヴァルトスをずっとこのパラディソスで見ていなければならなくなる。

選択肢は二つ。

このまま元の世界に帰るか、ヴァルトスに匂いを消してもらって此処に残るか。

どちらにしても結末は同じだ。蒼はヴァルトスを失う。

〝ソウ……?〟

耳に馴染んだ声に振り向くと、ヴァルトスが舞い散る黄色いはなびらの向こうにいた。

腰近くまである草の間を、歩いてくる。

ディアマンディの膝の上から下りてきた小竜がくいっと蒼の袖を引っ張った。席を外して欲しいのだと察し、蒼は小竜を抱え上げる。

「あの、じゃあ。俺はもう、行くから」

ディアマンディが片手を上げ、怠そうに挨拶する。来た時に使った穴の近くで、蒼はふと後ろを振り返った。ヴァルトスがディアマンディの前に立っている。何も聞こえないが、ディアマンディがひどく切ない笑みを浮かべたのが見えた。

蒼は穴から飛び降りる。

つきつきと胸が痛んだ。

「別に何だって、構わないと思っていたのにな……」

躯だけの関係でも。心など伴わない、一時の戯《たわむ》れでも。

視界が明るくなってきた事に気が付き目を上げると、通路にまた別の穴が開き、光が差し込んでいた。何気なく近寄り身を乗り出すと、緑の森の上を竜が何匹も飛んでいるのが見える。あちこちで炎が生み出され、炭にされた魔物たちが散っていた。

先刻程ではないが、ヒナたちと見下ろした時より魔物の数は格段に多い。十匹を超える竜がパラディソスの下を巡回し、休む間もなく魔物を追っている。

蒼は絶望的な気分に陥り、穴に突っ伏した。

「やっぱり、だめだ――」

匂いの元は早急に絶たねばならない。蒼は竜たちに世話になった恩をちゃんと返すべきだ。

此処に来たのはディアマンディのせいとはいえ、皆蒼によくしてくれたのだから。

「ヴァルが好きなら、尚更しゃんとしないと」

ヴァルトスは此処の王。自分が重荷になる訳にはいかない。

きゅいいいいいいっ。

いきなり肩に乗っていた小竜が甲高い声をあげるなり翼を広げた。

蒼が振り返るより早く飛び立ち、一直線に通路の奥へと飛んでいく。小竜の目指す先に黒い獣の姿を認め、蒼は凍り付いた。

窪地で遭遇したものの半分程の大きさしかなかったが、それは確かに魔物だった。パラディソス内部にそんなものが既に侵入を果たしていた事に蒼は慄然《りつぜん》とする。

「いけない、ちび！」

魔物と小竜がぶつかり合う。凄まじい叫び声が通路に反響し、血が壁や床に飛び散った。煙が出ないという事は、あれは小竜の血だ。

今度は俺がこの子を助けなきゃ。

蒼は前に出ようとしたが、後ろから伸びてきた腕に引き戻された。

「な……っ」

〝じっとして〟

蒼は窓から飛び込んできたロディアに力尽くで壁際へと後退させられる。流れる視界に、穴から大きな竜が首を突っ込んできたのが見えた。大きな竜は、まだもつれ合い床を転げ回っている魔物と小竜に向け大きく口を開く。

竜が火を吐くと視界が真っ赤に染まった。火炎が通路の内部を灼き尽くす。

だがロディアが竜力を使ったのだろう、蒼に炎が届く事はなかった。

「ちびちゃん……？」

炎が消えると、通路には小竜だけが横たわっていた。燃え尽きてしまったのか、魔物は影も形もない。

ロディアの手を振りきって駆け寄った蒼は、小竜の状態を見るなり悲鳴をあげた。

魔物に噛み付かれたのだろう、小竜の腹が割けている。

「ちび！」

取り縋ろうとした蒼を、ロディアが慌てて取り押さえた。

〝大丈夫だ。落ち着いて。すぐヴァルトス様が来てくださるから〟

「止血、くらいは……っ」

〝いいから触らないで。ヴァルトス様がやりにくくなる〟

早く何かしないと、小竜が死んでしまう。

蒼は気も狂わんばかりの焦燥《しょうそう》に苦しめられながら、ただひたすら小竜を見つめた。もう危険はないと判断したのだろう、穴から首を突っ込んでいた竜は消え、一人残ったロディアが、蒼が小竜に触れないよう肩を掴んでいる。

「どうしよう……っ。俺のせい、ですよね。俺がいなければ魔物がパラディソスに入り込む事はなかったんですよね……っ」

取り乱す蒼を、ロディアが背中から抱き締めた。

〝そんな事はない。ソウが来る前から魔物がパラディソスに入り込む事はあった。魔物は竜の肉を好むんだ〟

「でも以前はこんなに大勢で警戒する必要はなかった！　わかっているんですか？　もし他にも魔物が入り込んでいたら、子竜が殺されるかもしれないんですよ？」

自分のせいで小竜が——いやもっと多くの竜たちが死ぬかもしれない。

目の前に突きつけられた現実に蒼は恐怖した。

「あなたは、俺なんかパラディソスからいなくなればいいと思わないんですか……？」

迷惑だと親友だと思っていた男は蒼を拒絶した。二度と近付くなと。

だがロディアは柔らかく微笑んだだけだった。

〝全然思わないよ〟

うなじに鼻を擦り寄せられ、蒼は反射的に身を竦める。

「ロディア、さん……？」

〝以前言っただろう？　僕たちは自分の直感を信じている。ソウは滅すべき存在ではない。魔物が来るのは君の匂いに引かれての事だと僕たちは最初から知っていたけど、君を排除しようと言うものは一匹もいなかったよ〟

ぱちんと、空気が弾けたような奇妙な衝撃が走った。さっとロディアが蒼の躯を離し、壁際へと退く。

通路の奥にヴァルトスの姿が現れた。ブーツを鳴らし、大股に近付いてくる。

蒼はヴァルトスに駆け寄った。

「ヴァル！　ヴァル、この子を助けて……っ」

小竜を一瞥したヴァルトスが力強く頷く。

〝大丈夫だ〟

ヴァルトスは小竜の脇に膝を突き、自分の掌に爪を立てた。すうっと引くと血が流れ始める。その血をヴァルトスは小竜の腹へと垂らした。

引きちぎられていた組織がまるでそれ自体別の生き物のように蠢き、傷を修復し始める。裂けていた腱が繋がり、弾けた鱗が傷口を覆ってゆく。

瞬く間に傷が消えた。ヴァルトスが手を退けると、小竜はぱちりと眼を開いた。何度かけふけふと咳き込み、喉に残っていた血を吐き出す。

「ちびちゃん！　よかった」

汚れた鱗を舐め始めた小竜に、蒼は震える手を差し伸べた。小竜は大人しく腕の中に収まると、ぴきゅうと甘えた声で鳴いた。

〝ゾウ、来い〟

ヴァルトスの腕が己とは不釣り合いに小さな躯を引き寄せる。軽々と蒼を横抱きにすると、ヴァルトスは冷ややかな一瞥をロディアへと投げ、歩き始めた。

「あの、俺、大丈夫、歩けます」

〝いいからじっとしていろ〟

不機嫌な声に蒼は抵抗を諦め、ヴァルトスの胸元に頭を預けた。

「ヴァル、魔物がパラディソスの中に入ってきたんですね」

誰もいない通路に、蒼の声は虚ろに響いた。ヴァルトスはまるで予期していたかのように平然と答える。

〝今、他にも入り込んでいるものがいないか探させている〟

「あの、たとえば首を噛みちぎられたりしたら、いくらヴァルだってこの子を治す事はできなかったんですよね……？」

ヴァルトスの返答は素っ気なかった。

〝起こってもいない事態を心配するのはやめろ〟

「考えない訳にはいかないです。たまたま今回は助かったけれど、次はそうはいかないかもしれない」

〝ソウ〟

思い詰めた様子に、ヴァルトスが足を止めた。

白皙の美貌に見下ろされ、蒼は唇を噛む。意を決して、ずっと聞きたかった質問を舌に乗せる。

「ヴァル、俺の事、好きですか？」

ヴァルトスは微動だにしなかった。

小竜がヴァルトスの肩から蒼の胸へと飛び降り鼻先を擦り寄せてきただけ。引き結ばれた唇は何を告げる様子もない。

長い沈黙の後、蒼は小さな笑い声をあげた。

「すみません、変な質問をして。忘れてください」

心が決まる。

何も言ってくれなかった、それがヴァルトスの答え。

一度くらいは最後まで抱かれてみたかったけれどその後が怖くて、蒼は唯一残された道を選んだ。

「――ヴァル、俺、ディアマンディに頼んで元の世界へ帰ります。そうすれば魔物はパラディソスに来なくなる筈。すぐにこんな事態は収束しますよね？」

蒼は帰る。元の世界へと。

ヴァルトスとは二度と会えないだろうが、平気だと、蒼は思った。

ヴァルトスは蒼の特別な『誰か』ではない。ただ一時、肌を重ねただけの単なる――遊び相手に過ぎないのだから。

〝ソウ！〟

発せられたヴァルトスの思念は鋭かった。ぴしゃりと頬を打たれたような衝撃を覚え、蒼は身を竦めた。

何だろう、また――。

紅の眼に見つめられているだけなのに、血の気が引いていく。かたかたと歯が鳴り始めたのに驚き、蒼は口元を押さえた。

歯の根が、合わない。

「ヴ……ヴァル……？」

〝ふざけるな〟

蒼を抱くヴァルトスの瞳孔は、縦長に変形していた。

ブーツが鳴る。ヴァルトスは行き先も告げず大股にプリミティブな彫刻で飾られた薄暗い通路の奥へと歩き始めた。

蒼は動けない。

ヴァルトスの覇気に当てられたせいだ。

――やはりヴァルトスは空の王なんだ――。

蒼を抱えたまま、ヴァルトスはパラディソスの下層へと下りてゆく。

空気が妙にあたたかく湿ってきた。最下層にある細い通路には、小部屋が並んでいる。切り出した竜石で造られた分厚い扉は殆どが開けっ放しになっていたが、中にはぴったりと閉まり錠が下ろされている部屋もあった。竜の気配はあまり感じられない。

〝此処はつがいが蜜月を過ごす為の場所だ。どんな音も漏れないようになっている。つが

いになった竜は好きな小部屋を選んで交接し、卵を生む。雌は卵が孵化するまでこの部屋の中で卵の世話をして過ごす

「どうしてそんな場所に俺を？」

〃此処ならば絶対に誰も邪魔に入らぬからな〃

「え？」

ヴァルトスは通路の突き当たりの部屋に入っていった。他の部屋よりも広く、中央には柔らかそうな毛皮が分厚く積み上げられている。

重そうな扉はヴァルトスの背後でひとりでに閉まっていった。かちりという小さな音と共に閂《かんぬき》まで下ろされたのを見て、蒼は躯を強張らせる。

「ヴァル……何をする気なんですか？」

ヴァルトスは真っ直ぐに寝床へと向かい、蒼を下ろした。まだ指先が震え躯にも力が入らない蒼を見下ろし、服を脱ぎ始める。

何を言われなくてもわかった。ヴァルトスは蒼を抱く気だ。

それも多分、最後まで。

何故そんな気になったのだろう。帰ると言った罰なのだろうか。

婚姻がなったら蒼が元の世界に戻れなくなるとヒナを叱ったくせに、そう言ったヴァル

トスが。伴侶にする気もないのに蒼をこの世界に縛り付けようとしている。

蒼は素早く室内を見回し、逃げ場を探す。シンプルな部屋には閂のかかった扉以外出口がない。

ともすれば砕けそうになる足を踏ん張ると、蒼はブーツを脱いでいるヴァルトスを回り込むようにして扉へと急いだ。

ヴァルトスは手を止めず、逃げようとする蒼を悠然と眼で追っている。

扉に辿り着いた蒼は閂を外そうとするが、青黒い竜石でできたそれはひどく重く、一ミリも動かない。まるで溶接してあるかのようだ。

かさばったものが落下する音に振り向くと、ヴァルトスが最後の衣装を投げ落としたところだった。ヴァルトスが蒼へと向き直る。

途端に心臓が跳ねた。

——怖い。

ヴァルトスの放つ覇気にぴりぴりと肌がそそけ立つ。

「ヴァル……お願いです、俺をこのまま、帰してください」

扉に背を押しつけ立ち竦む蒼の元へと、ヴァルトスがゆっくりと歩み寄った。優美な仕草で顔を少し傾ける。

〝駄目だ。ソウがどれだけ私を想っているのか、私は知っている。ソウは元の世界になど帰りたくないのであろう？　本当はこの世界で私の伴侶になりたいと望んでいる筈だ。

――その望みを、叶えてやる〟

――――何、それ。

蒼は唇を噛み締めた。

俺の気持ちを知っている？

そんな事はありえなかった。蒼は一度だってヴァルトスへの気持ちを口にした事はない。当たってはいるが、自分が元の世界に帰りたくない程恋い慕われていると思うなんて、何て鼻持ちならない自惚れ男なのだろう、この男は！

こんな男を好きだったなんて。

自分の事など何とも思っていないと知っているのに、伴侶にしてやると言われて、嬉しいと思ってしまうなんて。

俺は――――馬鹿だ。

白い指先が蒼の胸元に押しつけられた途端、上着の釦がいきなり全て弾け飛んだ。

ヴァルトスが上着の下に手を差し入れ、蒼の肩から滑り落とす。艶やかな手触りを楽しむように蒼の髪を梳《す》き、後ろ髪を掴む。

ぐいと髪を引き、強引に蒼を仰向かせると、ヴァルトスは冷酷に微笑んだ。

〝先刻の問いに答えよう。私もそなたを愛しく思っているぞ、ソウ〟

蒼は、瞬く。

――何故そんな、取ってつけたような嘘を言うんだろう。

今更甘い言葉を吐いて、蒼が騙されるとでも思っているんだろうか。

ヴァルトスの眉間に深い皺が寄る。

〝嘘ではない〟

唇がヴァルトスに塞がれる。素早く挿し入れられた舌が口の中の粘膜を舐めた。うまく息ができない蒼の喉元にとろりとした液体が溜まっていく。

ヴァルトスの唾液だ。

飲んでしまったら理性を失う。

わかってはいたけれど、口を閉じられず、吐き出す事もできない状況で飲まずにいる事は難しかった。

「ん……ふ……っ」

こくりと喉が動く。熱の塊が食道を下っていく。

「ひど……い……」

急激に高まる淫欲に躯を震わせる蒼に、ヴァルトスは秘やかに告げた。

〝そうだ。私は酷い男だ。竜の雄だからな。伴侶の事となると、理性が利かぬ。――これからソウの魂まで私のものにする〟

もう一度くちづけられると、蒼は糸の切れた人形のようになってしまった。目を潤ませ喘いでいる蒼の耳に、ヴァルトスが唇を寄せ囁く。

〝脱げ、ソウ〟

端的な命令に、躯が勝手に反応する。厭だという感情はどこかに押しやられ、手がバックルを外し、ベルトを緩めた。前立てを開くと、ヴァルトスがズボンを下着ごと太腿までずり下ろす。

「……あ……」

あられもない姿を晒す恥ずかしさに蒼は唇を噛んだ。

ヴァルトスが掌で蒼の胸を撫で、ぷつりと尖った粒を摘む。

きゅ、と摘み上げられた途端、痺れるような快感が腰まで走った。

「あ……っ」

〝此処を弄られるのが好きだな、ソウは〟

そっと指の腹で転がされ、それからまた強く押し潰され、蒼は喘いだ。

胸を軽くいたずらされただけなのに蒼の前は早くも硬く張り詰めている。その上尻尾で弄られるのに慣れてしまった後ろが、奥まで掻き回して欲しいと疼き始めた。

〝ソウ、私が欲しいか？〟

蒼はこくこくと頷いた。躯が熱くて何も考えられない。頭の中に霞《かすみ》がかかっているようだ。膝から力が抜け、ずるずると冷たい床に座り込んでしまう。

ヴァルトスの腰に縋って何とか躯を支えている蒼の髪が掴まれる。目の前に隆々と猛っているモノが突き出された。

〝口を開けて〟

蒼は顔を赤らめた。今までヴァルトスが蒼に口淫を許した事はない。いつも手か、蒼の躯に擦りつける事で果てていた。自分はいつもほぼ毎回蒼のモノをしゃぶり、吐き出された精を飲み下すのに、だ。

これからヴァルトスのモノを舐めるのだと思ったら、ぞくぞくした。蒼は唇を開き、ヴァルトスを口の中に迎え入れた。

「は……つん……っ」

長大なモノを全部くわえ込む事はできない。両手を幹に添え、蒼はまず太い部分に舌を這わせる。

脱ぎかけたズボンを太腿に纏い付かせたまま、蒼は目を伏せヴァルトスを愛撫した。ヴァルトスにされて気持ちよかった事を思い起こしながら、ひとつひとつ実践してみる。唇で締めて、舌を柔らかく使って焦らして、溢れたものは啜《すす》り上げて――。

ふ、とヴァルトスの呼吸が乱れる。

ヴァルトスを口一杯に頬張りながら見上げると、ヴァルトスは片手を扉に突いて躯を支え、眉間に皺を寄せていた。

蒼の口淫に、感じているのだ。

不意に好きだという気持ちが込み上げてきた。酷い事をされているのに、恋しい気持ちが止まらない。惨めな末路が待っているとわかっているのに、このまま身をまかせてしまいたくなる。

永遠に、このひとと一緒にいられたらいいのに――。

そんな風に思った瞬間、ヴァルトスが小さく呻いた。口の中でヴァルトスのモノが大きく膨れ上がる。髪が掴まれ、喉の奥まで長大なモノが突き入れられた。

「ん……っ」

思わず押し返そうとしたものの許されず、二度三度と突き上げられる。苦しさに涙目になった蒼の口中で、ヴァルトスが精を放った。

――――――!

灼熱が喉の奥へと滑り落ちてゆく。

絶頂に達した時のような白い閃光が脳裏を灼き、躯が痙攣した。イく、と思ったが、蒼の前はひくついただけだった。

ずるりと口からヴァルトスが抜き出され、蒼はその場に崩れ落ちる。火照った肌に冷たい床が気持ちよくて、蒼は堅い床に横たわったまま、忙しない呼吸を繰り返した。

腹部が、熱い。躯の中でヴァルトスの竜力が渦巻いている。

少し落ち着くとヴァルトスは力の抜けた蒼の躯を寝床まで運んだ。

履いたままだったブーツと中途半端に纏わり付いているズボンが脱がされる。

一糸纏わぬ姿になった蒼の頬に、ヴァルトスが接吻した。

〝大丈夫か、ソウ〟

「躯が――熱い、です……」

蒼が上の空で答えると、ヴァルトスは汗で濡れた蒼の額に掌を当てた。

〝そうだろうな。子を成す精には何よりも純粋な竜力が凝《こご》る〟

蒼は気怠げに手を持ち上げ、ヴァルトスの手を握り締めた。

「すごく熱くて、治まりそうにない。――助けてください、ヴァル……」

目尻から涙が零れ落ちる。竜力を呑まされ、劣情は更に高まっていた。

蒼の漆黒の瞳は濡れ、下肢のモノは限界まで張り詰めている。

透明な液がとろりと幹を伝い落ち茂みを濡らす。汗の浮いた肌は、これまでにない程過敏になり、ヴァルトスに愛撫されるのを待っていた。

こんなんじゃ、足りない――。

しなやかな足がヴァルトスの腰に絡み付き、誘惑する。

「――お願い」

赤い瞳が蒼を捉える。

次の瞬間、腰が浮いていた。蒼の足を掴んだヴァルトスが、胸につく程深く蒼の膝を折り、のしかかってくる。

「あ――やめ……！」

後口に切っ先が押し当てられたのを感じた瞬間、僅かに理性が戻ってきた。

いけない。

そんな事をしたら、この身が裂ける。それに多分、匂いもなくなる。――ヴァルトスの心を繋ぎ止めるものが、なくなってしまう。

――でも、多分、これでよかったんだ。

蒼の中で、別の蒼が囁いた。

作り物の匂いでヴァルトスを魅了するなんて、騙しているも同じ事。

偽りの自分を愛してもらって、それで、嬉しい？

卑怯な真似はやめて、もう、終わりにした方がいい。

短い間だけでもヴァルトスに愛される事ができたのだ。それで満足するべきだ。

——たとえ後でうち捨てられる事になったとしても。

唇を引き結び、蒼はヴァルトスの背中にしがみついた。

凶暴なモノが押し入ってくる。

もう、何でもいい——。

「い……いた……いっ」

狭い場所が無理矢理に押し開かれた。圧倒的な質量が肉壁を引き裂き、奥へ奥へと入ってくる。

蒼の爪が、ヴァルトスの背に赤い線を穿つ。

ヴァルトスは非情だった。爪を立てられ止めるどころか、蒼の腰を掴み一気に奥まで押し込んでくる。

「あ————っ！」

蒼は仰け反って硬直した。腹の中いっぱいにヴァルトスの長大なモノが詰まっている気がした。内側から突き破られそうな緊張感に、身動き一つできない。

息を詰め苦痛を堪える蒼の唇を、ヴァルトスが優しくなぞる。

〝力を抜け。心配は要らぬ。痛みはすぐに消える〟

――――え？

嘘だ、と蒼は思った。ヴァルトスのモノは大きい。すぐに痛みが消える程度の怪我で済む筈がない。

だがヴァルトスが最奥まで達し動きを止めたのと同時に痛みはやんでいた。

「まさか、治癒を――――？」

〝少し、違うな。私の竜力が蒼の中を巡っているのだ〟

白い骨のような指先が蒼の喉元から胃の上まで滑った。軽くとんとノックされた途端、何かが躯の中心から指先まで響いていくのを感じ、蒼は眉根を寄せる。

得体の知れない、力の感覚。

〝竜は、強い。余程弱っておらねば病気になる事もないし、滅多な事では怪我もしない〟

「じゃあ――――さっきヴァルのを飲んだお陰で？」

それには答えずヴァルトスは上半身を起こした。鬱陶しそうに長い髪を掻き上げ、蒼の手を捕まえる。毛皮の上に押さえつけ、指を絡めて——。

〝動くぞ。痛かったら言え〟

「あ——」

ずるり、と。

大きなモノが抜けてゆく感覚があった。抜けそう、と思った瞬間止まって、またぐうっと押し込まれる。

肉襞を擦り上げられる感覚に、蒼は息を詰めた。皮膚の下をざわざわと何かが走ってゆく。

何——これ。

痛くない。それどころか——。

蒼はひくりと躯を震わせた。

〝此処、か〟

ヴァルトスがまた腰を引く。だが半ばでひたりと止まる。

先刻擦り上げられた時、蒼が妙な違和感を覚えた場所だ。

まるで蒼の内心を感じ取ったかのように腰が軽く揺すられ、蒼の背が反り返った。

——いい！

脳が灼き切れそうな快楽に、蒼は狼狽する。

「やっ、いやです、ヴァル……っ、それ、やっ」

ヴァルトスの赤い眼が細められた。誰よりも蠱惑的で――怖ろしい笑みが蒼に向けられる。

〝いや？　ではこうされるのも厭か？〟

腰が引かれた。ソコに擦り付けるようにして奥まで突き上げられる。

蒼は声もなく戦慄《わなな》いた。肉壁が震え、ヴァルトスのモノを締め付ける。

ヴァルトスは容赦なく蒼の弱みを責め上げた。怖ろしくなる程猛々しいモノで、何度も、何度も。

その度蒼は掠れた悲鳴をあげ、のたうった。強すぎる快楽に頭がおかしくなりそうだった。泣きたくなどないのに、涙が止まらない。喉が震え、呼吸すらうまくできない――。

「イ、く――っ」

〝私の許しなく精を放ってはならぬ〟

傲然《ごうぜん》とヴァルトスが命じた。

構わず蒼は腹に力を入れ、ヴァルトスを食い締めた。びくびくと充血したモノが震えている。頭の中が白く染まる。

だが確かにイった、と思ったのに、蒼の前からは何も出なかった。

「？　どう、して――？」

くすりとヴァルトスが嗤《わら》う。蒼を責め立てるヴァルトスの動きが早くなる。

余裕のない表情に終わりが近いのだとわかった。夢中で蒼の中を穿つヴァルトスの息が荒い。

雄の顔をしたヴァルトスはなんて魅力的なんだろう――と思った瞬間、最奥まで突き上げられた。ぶるりとヴァルトスの躯が震える。

「――あ？」

奥深い所で熱いモノが放たれたのが、はっきりわかった。次の瞬間、光に似た何かがまた指先まで押し寄せてきて、瞼の裏が白く染まる。

これがヴァルトスの、竜力――？

四肢が、戦慄く。感じすぎて、声も出ない。

何かが腹の奥で砕けたような衝撃を感じた。強すぎる刺激に、涙がぽろぽろ零れる。だが今度も蒼の前からは透明な露しか出なかった。

変だな、と頭の何処かで蒼は思う。どうしてこんなになってしまっているのに射精できないんだろう。

大きなモノが後ろから引き抜かれ、俯せへと姿勢を変えさせられた。

細い腰が引き上げられ、獣のように這わされる。

「ヴァル、待って、もう……」

制止する間もなく、全く萎えていないヴァルトスに後ろから貫かれた。二、三度具合を試すようにヴァルトスが動く。

「あ……」

体位が変わったからだろう、先刻とは違う場所がじんと痺れる。いけない、と思った時だった。またヴァルトスが狙ったかのように蒼のイイ場所に切っ先を擦りつけてきた。

「ひ――あっ…………」

一突きで気が遠くなる。

確かにイった、と思うのに、やはり前からは何も出なくて――。

「ヴァ、ル……っ！」

そうして蒼はようやく思い出した。ヴァルトスが勝手に精を放ってはいけないと命じた事を。

きっとあのせいだ。普通なら命じられただけでイけないなんてありえないが、蒼の中にはヴァルトスの竜力が巡っている。

出したい、と、蒼は切望する。

これではいつまで経っても終われない。

寝床に爪を立て、啜り泣きながらずり上がろうとする蒼を、ヴァルトスは腰を捕らえて引き戻した。獣のように荒々しく、だが巧みに突き上げられ、蒼は立て続けに絶頂へと押し上げられる。もう無理と懇願しようとするが、唇が震えるばかりで声にならない。

おねがい、ヴァル、もう、ゆるして。

揺すぶられるまま、ひく、ひくと躯を震わせている蒼の耳元に、ヴァルトスが甘く囁く。

〝もう、帰るなどとは言わぬな?〟

考えるより早く、蒼は頷いていた。

言わない。だって向こうの世界には、ヴァルトスがいない。

〝ソウは私のものだな?〟

きゅうっと後ろが締まりヴァルトスを締め付けた。

そんな事、確認するまでもない。俺はずっと、ヴァルトスのものだった。

これからも許されるならずっとヴァルトスの傍にいたいと思っている。

ヴァルトスが満足げに眼を細めた。

〝いい子だ――許す〟

「あ……っ」

散々掻き回され、熟れきった蒼の肉の狭間へとヴァルトスが己のモノをねじ込んだ。蒼の腰を引き寄せ、これ以上ない程奥まで突き入れて、精を放つ。

かあっと腹の中が熱くなる感覚に押し上げられ、蒼は待ちに待った瞬間を迎えた。

白濁が吐き出される。

我慢しすぎたせいか勢いはなかったが、ねっとりした濃いものがだらだらと寝床の上へと吐き出された。

「は……あ……っ」

躯の力が抜ける。

これで、お終い。

そう思ったら、止まりかけていた涙がまた溢れてきた。

次に目覚めた時にはきっと、ヴァルトスを魅了する匂いは消えている。こんな風に求めてもらえる事はもうないのだろうけど。でも、今だけはこの人は蒼のものだ。

一度だけでも、最後まで抱いてもらえてよかった。

蒼の中から己を抜き出したヴァルトスが隣に身を横たえ、頬を濡らす涙を拭ってくれる。

逞しい胸に縋り付き、蒼は泣いて泣いて——いつの間にか、眠ってしまった。

＋　＋　＋

次に蒼が気が付くと、自分の部屋にいた。

ひどく静かだった。室内には誰もいない。蒼は身なりを整え前室を覗いてみたが、やはりヴァルトスの姿はなく、小竜すらいなかった。

同衾した朝、独りで取り残されていた事など今までなかった。

自分でも驚く程哀しい気持ちが込み上げてきて、蒼はソファに座り込んだ。

昨日の事が全部美しい夢のように感じられた。

蒼は自分の匂いを嗅いでみる。うっすらと漂っていた甘い香りはもう感じられない。

「コーヒーが飲みたいな」

ふと独特の香気を思い出し、蒼は小さな声で呟いた。

うんと苦いコーヒーが飲みたい。

「いやそれよりミルクたっぷりのカフェオレ。石鹸《せっけん》に柔らかいタオルも欲しい。ボックスティッシュに携帯電話に、買ったばかりでまだ一回しか食べてないコンフィチュール……」

丸い苺の原形が残っている素朴なジャムは本当においしかった。でももう、残りを口にできる日は来ない。

そんな事を考えていた蒼はふと自分のものではない息遣いが聞こえるのに気が付いた。近い。

ぐるりと回りを見回してみるがそれらしいものは見当たらない。まさかと思いつつひょいとソファの覗き込んでみると――いた。

薄闇の中に小竜が蹲っている。

「おまえ、そんな所にいたのか」

ソファの傍にしゃがみ込み、出してやろうと手を伸ばすと、小竜は大きく口を開け、蒼を威嚇した。

「ちび……?」

蒼はぎくりとして手を引っ込めた。

小竜に拒否されたのは初めてだった。思いの外大きな衝撃を受け蒼はその場に座り込む。

小竜はヴァルトスの影、小竜の態度はヴァルトスの自分への感情の変化を反映しているのかもしれない。

そう思ったら泣きたいような気分になったが、蒼は大きく深呼吸するともう一度、床にぺたりと寝そべって小竜を見つめた。

よく見ると小竜の呼吸がいつもより速い。丸っこい腹が忙しなく上下に動いている。そうっと手を伸ばし背中に触れてみると、ひんやりと冷たい筈の鱗が熱を持っていた。

「病気……!?」

竜は滅多に病気にならないと聞いていたのに。

どう対処すべきか蒼は迷った。ソファの下になど寝かせておきたくないが、小竜自身が嫌がるのに手を出すのもよくない気がする。

ヴァルトスはこの異変に気付いているのだろうか？

ヴァルトスが気付いていないのならば、自分が知らせに行かなくては。

〝どうしたの、ソウ〟

幼い声と共にふわりと部屋に風が吹き込んでくる。窓から飛び込んできた二匹の子竜に、蒼は表情を緩めた。

「トゥリフィリ！　それにヒナ！」

竜たちが幼い子供の姿に変化する。トゥリフィリはいつもと同じように嬉しそうに駆け寄ってきてくれたが、ヒナは窓辺で立ち竦み、奇妙な表情を浮かべた。

「どうしたんだ？」

〝においが、ちがう……〟

あんなに甘えて求婚までしてくれたのに、ヒナは近寄ってこようともしなかった。

あからさまに違う態度に、胸の奥がすうっと冷たくなる。

誰もが好意を寄せてくれる素敵な魔法は、本当に解けてしまったらしい。次に会ったらヴァルトスは一体どんな顔をするのだろうか。

冷たい恐怖に心臓を鷲掴みにされ、蒼は顔を歪める。

ヴァルトスに会うのが怖い。

〝ソウ。何か困ってなかった？　トゥリフィリが助けてあげる〟

トゥリフィリに手を引っ張られ、蒼は慌てて取り繕った。

「あ――、ありがとう、トゥリフィリ。実は小竜の様子がおかしいんだ。熱があるようなんだが、ヴァルに知らせるべきなのかな」

トゥリフィリは先刻の蒼のようにソファの傍にしゃがみ込むと、小竜を覗き込んだ。

〝おねつ？　……んー平気じゃない？　魔物に襲われてヴァルトス様の治癒を受けたんだよね？　他の竜から竜力を分けてもらうと、よく一時的に体調を崩すよ。本当によくない状態なら何も言わなくてもヴァルトス様が来てくださると思うし、きっと一晩も放っておけば治るよ。心配しないで、ソウ〟

子供とは思えない知識を披瀝《ひれき》し、トゥリフィリがくりくりとした大きな瞳で蒼を見上げる。そういえば自分も腕を治してもらった晩に熱を出したと思い出し、蒼はほっとしてソファに腰を下ろした。

「そっか……ありがと。あ、そうだ、お茶でも飲んでいく？　オルカさんにおいしい冷茶の茶葉をもらったんだ」

トゥリフィリは嬉しそうな顔をしたが、ヒナは少し後ろに後退り、ふるふると首を振った。

〝いらない〟

室内に風が渦巻き服の裾を巻き上げる。いきなり竜型に変化し、窓から飛び出していってしまった友達に、トゥリフィリが慌てた。

〝ヒナあ！〟

ぱたぱたと後を追いかけ、窓をよじ登ろうとする。

「待って、トゥリフィリ。もう一つ、教えて」

蒼が呼び止めるとトゥリフィリは、片足を持ち上げたまま振り返った。

「ディアマンディが何処にいるのか、知ってる？」

唇を引き結んだまま、トゥリフィリが頷く。

ディアマンディの部屋は思いの外近くにあった。何度も前を通り過ぎた事のある木の扉の前に立ち、蒼はありがとうとトゥリフィリに微笑む。

心配そうに何度も振り返りながら来た道を戻ってゆくトゥリフィリが見えなくなってから、蒼は扉をノックした。

虚ろな音が通路に響く。

入れ、という声に扉を開いた蒼は、驚きに目を見開いた。

ディアマンディの部屋は他の竜の部屋とはまるで違っていた。

壁際には天井に届く程大きな棚が置かれ、地球儀やアンティークの写真立てなど、蒼の世界の物が手当たり次第に詰め込んである。部屋の中央には毛皮を敷き詰めた寝床の代わりに木でできた寝台が置かれ、ふっくらとした布の布団が掛けられていた。窓の傍に据えられた大きな安楽椅子にディアマンディがふんぞり返っている。

その前にはモザイクで飾られた小さな丸テーブルがあった。ミルクティーが入ったカップが二つ置かれている。

〝おう、ちょうど茶が入ったところだ。座れよ〟

銀のスプーンで茶を掻き回しながらディアマンディが別の丸椅子を指し示す。あらかじめ自分が来るのを知っていたかのような準備の良さを不思議に思いながら、蒼は椅子に腰を下ろした。

〝魔物の襲来が目に見えて減ってきたって話を聞いた。うまくいったようだな。ヴァルトスの竜力が血管の中を巡っているのがわかる〟

尖った爪先が蒼の心臓の上を軽くつつく。その瞬間、弾けるような音が響き、小さな痛みが生じた。

「今のは一体……？」

素早く引っ込めた指先を痛そうに振り回しながら、ディアマンディが肩を竦める。

〝ヴァルトスの竜力だ。余程てめえを他の雄に触れせたくないらしい〟

「まさか……」

蒼は己の胸の上を押さえる。

ああ、でもありうるのかもしれない。セックスをした時、蒼はまだむせ返るような匂いを放っていた。帰るなと言ってくれたあの瞬間のヴァルトスの気持ちが蒼の中に巡っているのかもしれない。

〝好きな男を手に入れたってーのに、何辛気くさい顔してんだてめーは〟

ディアマンディが押し出してきた容器に蒼は視線を落とした。薔薇が描かれた陶器には白い立方体が入っている。竜の世界には存在しない筈の角砂糖を蒼は一つだけカップに落とした。

「ディアマンディ。俺を元の世界に帰してください」

弱々しい声で願う蒼を、ディアマンディは半眼になって見つめる。

〝何言ってんだ。婚姻を成すと魂が結ばれて帰れなくなるって前に言ったろ。第一、何でいきなりそんな事言いだすんだ。てめえ、ヴァルトスに惚れてんだろーが。伴侶になれて万々歳じゃねーのか？〟

蒼は唇を噛み締める。

ヴァルトスは、好きだ。もう会いたくない程に、好き。

「でもあの人は別に俺を好きな訳じゃないから」

〝はァ!?〟

蒼は早口にまくしたてた。

「ヴァルはあなたの作った匂いに惹かれただけです。匂いが消えて尚、俺の傍にいてくれる訳がない」

〝てめえ、何で勝手にそんな事決めつけてんだよ〟

蒼はチョコレートの載った小皿を差し出してきたディアマンディを反射的に椅子を引い

て避けた。

「竜であるあなたに、俺の気持ちなんかわからない」

蒼は此処では何もできない役立たずだ。水も食べ物も竜たちに恵んでもらわねば手に入れられない。力も弱く、暑さにも寒さにも弱い。

美しい竜たちに比べれば蒼の容姿など凡庸どころか不細工の域に入る。

蒼にはヴァルトスに好かれるような所など一つもなかったのだ。――あの匂い以外には。

この世界に降り立った時以上の恐怖に襲われ、蒼は己の左肘を握り締めた。

――次、顔を合わせた時、あの怖いくらい美しい人にどうして此処にいるのだと言わんばかりの眼で見られたらどうしよう。

想像してみただけで居ても立っても居られなくなってしまい、蒼はこの部屋を訪れる事を思いついた。

ヴァルトスに会うのが怖い？　ならヴァルトスに見つからずに済む場所へ――現実を思い知らされずに済む場所へ、今のうちに消えてしまえばいい。

〝はーん、てめえ、また逃げる気だな〟

「またってどういう意味ですか」

睨みつける蒼をディアマンディは唇の端をきゅっと引き上げてせせら笑った。

〝てめえいつも逃げてばかりいたんだろ。家族にも好きな男にも立ち向かおうとしなかった。そーゆー所を可愛いと思う奴もいるみてえだが、俺はそうじゃねえ。いーかげん独りでアホみたいにぐるぐる考えるのはやめて、思うまま行動してみろよ〟

——他人事だと思って。

蒼は強く掌を握り締めた。爪が皮膚に刺さり、鋭い痛みを生む。

「その気のない人に縋ってどうなるっていうんですか。それこそ鬱陶しく思われるだけじゃありませんか」

〝本当に気持ちがねーかどーかなんてわかんねーだろ。確かめてみたのかよ〟

「そんなの、わざわざ聞かなくたってわかります！　昨日まで、い、一度も好きって言ってくれなかったし——」

口に出してみたらひどく情けない泣き言のように感じられ、蒼は唇を歪ませた。

好きと言ってくれないだなんて、なんて子供っぽい繰り言を言っているんだろう、自分は。

でも蒼は欲しかったのだ。一言でもいい、恋人らしい言葉が。

〝バカ、そりゃてめえが元の世界に戻れなくなるのを防ぐ為だろ〟

新しいチョコレートの包みをバリバリ剥き始めたディアマンディに、蒼は眉を顰めた。

「――え？」

〝心の通い合わない関係を夫婦とは言わねーだろ。好きって言葉は婚姻が成立しかねない
NGワードの一つだ〟

まるでそれが常識のように言い放つディアマンディは、呆れたような顔をしている。

「好きだと言わなければ婚姻が成立しないんですか？　でも、その、俺たち、えっちもし
てたんですよ？」

〝セックスしたっつっても、ヴァルトスの精を体内に取り込んだ事はなかったんだろ〟

「ない……ですけど……」

どういう事、なんだろう。

パラディソスの理《ことわり》について、蒼はよく知らない。だが鼓動が強く早くなる。

〝精を注ぎ込むのもなし、愛の言葉もなし、快楽を与えるだけなんて、婚姻の成立しない
本当にギリギリのラインだな。竜の雄にしては理性的だ〟

「竜の雄は理性的ではないんですか？　オルカさんもヴァルも、皆普通に見えますけど」

〝伴侶が絡まなきゃ、竜の雄にも頭があんだよ。だが一度恋に落ちるともう駄目だ。だか
ら竜の長は独り身のものが多い。アホになるのを避けようとすんだな〟

ディアマンディがミルクティーを啜る。

「今まで色んな竜に求愛されてきましたが、皆紳士的で……」

〝そりゃてめえにその気がなかったからだ。無理強いなんてしねーんだよ竜は。優しいからな〟

「じゃあ、ヴァルは――」

〝てめえが好きで好きで堪らねえって目をしてたからだろ。好かれてるってわかってる相手に竜の雄が欲を抑えられる訳がない。惚れた相手なら言わずもがなだ〟

好きで好きで堪らない――？

顔に熱が上る。

自分は、そんな顔をしていたのだろうか？

〝あ？　自覚してねーのか？　てめえ、すごくわかりやすいぜ。ヴァルトスとしてはてめえの為に必死に我慢しようとしてたらしーぞ。オルカに絶対にてめえにゃあ手を出さねえって言い張ってたっつーしな。口だけで全然てめえの言を守れていないが〟

つまり、好きだと言ってくれなかったのは、俺の為――？

寝床の中で時折見せてくれた愛しげな眼差しがふっと脳裏に浮かぶ。

でも――嘘だ。

蒼は、混乱した。

「でも、それだって匂いに誘われたせいです、きっと」

〝竜は其処までバカじゃねーよ。てめえに求愛してこねー雄だって大勢いたろ？　ニンゲンが顔だけで花嫁を選ばないように、竜だって匂いだけでつれ合いを選んだりはしねえ。それにニンゲンと違って竜には野性の勘ってやつがあるからな。間違える事はまずねえんだよ〟

「でも……でも、ヒナが……」

〝あのガキの様子がおかしかったのは、てめえがヴァルトスの匂いをぷんぷんさせていたからだろ。てめえがヴァルトスのお手つきになったたって気付いて泣くのを堪えてたんだよ〟

まだ不安げな顔をしている蒼にディアマンディが眉尻を下げる。

〝あのよう、一番初めにてめえが魔物に襲われた時、小竜に『逃げろ』と言っただろ？　ヴァルトスの奴、そん時になんつーか、ぎゅーんとキたらしいぞ〟

「――――え？」

〝弱っちいのに無謀な事をする奴だって、あのおっかない眼を細めて笑ってやがった。それに小竜を見りゃわかんだろ。あいつがどんなにてめえを好いているか〟

「でも小竜はヴァル自身ではないと、ヴァルが」

〝確かにヴァルトスはあんなに素直じゃねえなあ。だがいいか、あれには心がねえんだ。

あれの行動は単なるヴァルトスの意思の投影。疑うなら試してみろ。てめえ以外の奴がだっこなんかしようとした日にゃ、鱗を逆立てて怒るぜ、きっと〟

心臓が誰かに握り締められたかのように痛んだ。

〝いいか、てめえは俺があっちの世界を随分巡って、ようやく探し出したヴァルトスの好みそのもののニンゲンだ。もっと自信を持っていい。だからてめえはちゃんとあいつを愛して、人生は愉しいんだって教えてやってくれ。あっちの家族に連絡を取りたいなら俺が手紙を運んでやる。石鹸もコーヒーも俺が調達してきてやるから〟

蒼は唇を噛む。

ヴァルトスの気持ちを、信じてもいいんだろうか。

〝あのちびの母親が死んだ時、ヴァルトスの中で何かが死んじまった。厭な事にしか眼が向かなくなって、この世界は楽しいもので溢れているんだって事を、あいつを慕っている連中が他にも山程いるんだって事を忘れて眠っちまった。死ぬ前に俺はヴァルトスにそういう事を思い出させたかったんだ。――恋は人生を楽しくする一番の妙薬だろ？〟

ディアマンディの言葉は蒼の耳に甘く響く。ヴァルトスの幸せの為に何かできるのなら、こんな嬉しい事はない。

だが、待って。何かを忘れている気がする。

ヴァルトスを眠りに誘ったのは、確かそれだけではなかった筈だ。

蒼は息を詰め、集中する。漠然とした記憶の中から、目的のものを掴み出す。

確かオルカが言っていた。ヴァルトスは、生きる事に飽いていた、と。

蒼は震える手でカップを取り、両手で包み込んだ。掌にじわじわと熱が染み込んでくる。

ヴァルトスはもう二千年も生きている。

この先どれだけ生きる？　百年か？　二百年か？　ヴァルトスの外見はいまだ若々しい。もしかしたら更に千年生きるのかもしれない。

「俺は百年も生きない……」

多分蒼の方がヴァルトスより先に死ぬ。

ディアマンディは狼狽えもせずにやりと笑った。

〝知ってるぜえ？　だが先が短ければ短い程、魂のきらめきは強くなる。濃密な時間をあいつにやれる〟

蒼は息を呑んだ。

――この男は、先に死ぬとわかっていて自分を選んだのだ。

〝皆、いつかは死ぬんだ。誰もがあいつを置いていく。それはどうしようもねえ。俺だって大勢を見送った。だがまだ生きる事に飽いてはいない。毎日やりたい事がしきれない程

あるしな。その一番がヴァルトスを目覚めさせる事だった訳だが〞

チョコレートを口の中に放り込むディアマンディは満足そうだった。

「ディアマンディはヴァルが好きなんでしょう？　俺なんかがヴァルの伴侶になっていいんですか？」

ナッツを噛み砕く音が響く。

ディアマンディは頬杖を突き、上目遣いに蒼を見つめた。

〝ヴァルトスの事はすげえ好きだが、あいつの運命の相手は俺じゃねえし、俺もあいつと、あー、てめえとしているみてえな関係を結びてえとは思わねえ。俺はもうじじいだしな。てめえは何も気を回す必要なんてねーんだ〞

「ディアマンディ……」

蒼は、迷う。

本当に、それでいいんだろうか。そもそも自分に、ヴァルトスに生きる悦びを与えるなんて事ができるのだろうか。数十年後にヴァルトスをもっと傷付ける事になってしまうのではないだろうか。

蒼の懸念を断ち切るように、乱暴な音があがり部屋の扉が開いた。

〝よお。遅かったじゃねえか、ヴァルトス〞

愛しい男が扉の前に立っているのを見て取り、蒼は竦み上がった。

冷酷な紅い眼はへらへらと手を振るディアマンディの事など見ていない。蒼だけを見据えている。

〝こんな所で何をしている〟

厳しい声で詰問され、蒼はおどおどと視線を揺らした。

「何って、別に……」

きつく唇を引き結ぶと、ヴァルトスはつかつかと蒼に近付いた。いきなり蒼を片手で軽々と持ち上げ、荷物のように肩に担いでしまう。

「え、ちょっ――」

にやにやしているディアマンディを無視し再び通路に出ると、ヴァルトスは大股に来た道を戻り始めた。

「あの、下ろしてください。ヴァル、下ろして……っ」

〝うるさい〟

誰とも擦れ違わないまま蒼の部屋に到着する。

ヴァルトスはソファに蒼を下ろすと、そのままちょこんと座った蒼の躯を挟むように座面に手を載せ、床に膝を突いた。

〃他の雄の部屋を一人で訪ねるんじゃない〃

思いがけない叱責《しっせき》に、蒼は戸惑った。

まさかとは思うけれど、嫉妬、しているのだろうか。

「あの、ヴァル、俺が他の雄の部屋を訪ねてももう何の問題もないと思います。あの匂いはなくなりましたし、他の雄が俺に誘惑されてしまう事はありません」

恐る恐る匂いについて触れてみるが、ヴァルトスはいささかも動じない。

〃そういう問題ではない。とにかく、他の雄に近付いたり触れたりするな〃

「……どうして？」

睨むように蒼を見ていたヴァルトスが、眼を逸らす。

蒼は息を詰めた。

〃……私が、厭だからだ〃

蒼は信じられない想いでヴァルトスを見つめた。

ヴァルトスが眉を顰める。ヴァルトスが右手を上げると、テーブルの上から何かがふわりと飛んできて手の中に納まった。

目の前に差し出されたものを見つめ、蒼は瞬く。

「――え？」

〃受け取れ、ソウ〃

薄紅の花が其処にあった。

「あの、――どうして」

思わず問うと、射るような視線に貫かれる。

〃愛しく思っていると言っただろう。私の伴侶になって欲しい〃

求愛の言葉はぶっきらぼうだった。本当に不機嫌なようにも、単に照れているだけのようにも見える。

――嘘だ。

蒼は狼狽した。こんなに都合のいい展開がある訳ない。

本当に花を受け取ってしまってもいいのだろうか。

ヴァルトスは訥々《とつとつ》と蒼が眠っていた間の事を語る。

〃本当はそなたが起きる前に戻るつもりで、目覚めてすぐ花を摘みに行ったのだ。だが戻ったら寝床が空になっていて、驚いた〃

――嘘。

かーっと頭に血が上ってきて、蒼は両手で顔を覆った。

なんという事だろう。蒼が勝手に落ち込んで元の世界に戻ろうとしていた時、ヴァルトスはきちんと求愛してくれるつもりで花を摘みに行ってくれていたらしい。

バカだ、バカ。俺は本当に大バカだ。

でも蒼は知らなかったのだ。

ヴァルトスの言葉が本当だったなんて。

ヴァルトスの気持ちが本当に自分にあるだなんて。

涙ぐむ蒼の頭に、ヴァルトスがおずおずと触れる。そっと髪を梳き、撫でる。

〝断りもせず置いていって、悪かった〟

不器用ないたわりに、強張っていた心がほろほろと崩れてゆくような気がした。

本当に、好いてくれているんだろうか。

自分は弱い上、竜たちのように綺麗じゃないのに。

だが求めてくれるのならば一緒にいたい。

渇望《かつぼう》の眼差しが薄紅の花に注がれる。

でも。

「本当にいいんですか。後悔、しませんか。俺、もう匂いが消えてしまっていますよね。

もうそそられないんじゃありませんか」

ヴァルトスの眉が上がった。

〝試してみるか？〟

純白の髪がさらりと頬を撫でる。

額に、頬に、鎖骨に接吻され、蒼は身を竦めた。

「まさか、此処で!?」

大きく開口した窓に蒼はちらりと目を遣った。先刻子竜が訪れたように、竜たちはしばしば無遠慮に窓から入り込んでくる。思わぬ来訪者に見られないとも限らない。

〝皆にはソウの部屋に近付くなと伝えておく〟

「伝えるってどうやって？」

〝そんな事はどうでもいい。とにかく平気だ〟

花をテーブルの上に置いたヴァルトスが強引にくちづけてくる。

勢いに押され、蒼の背がソファの背もたれに押しつけられた。ヴァルトスの長い白い指が蒼のシャツの釦をひとつひとつ外し、肌を露わにしてゆく。

襟元を広げ肩まで剥き出しにすると、ヴァルトスは胸の尖りへと矛先を向けた。両方一度にきゅ、と摘まれ、蒼は思わず胸を反らしてしまう。

「あ……」

何かが背筋を駆け上る。眠っていた官能が目覚める。

まだ柔らかな其処を、ヴァルトスが意地悪くこね始めた。くにくにと潰され、息が乱れる。

「や、ヴァル……」

誰も来させないとヴァルトスは言ったが、蒼は不安だった。今にも誰かがひょいと窓から覗き込んでくる気がしてならない。止めねばと思うのに、小さな粒はたちまち芯を持ち、蒼自身を苛む。

「ヴァルっ。そんなに強くしたら、痛い……っ」

ぷつりと硬く勃ちあがった粒へとヴァルトスが唇を寄せた。舌先で転がされるとじいんと甘い痺れが走る。蒼は膝を立て、腰をよじった。

ヴァルトスが蒼のベルトを緩め、下肢から手早く衣服を取り去る。

膝が折られ、蕾まで晒され、蒼は小さく喘いだ。

「や……だめです……っ、そん、な……っ」

誰に見られるとも知れぬ場所でこんな格好をするなんて――。

恥ずかしいと思えば思う程、躯は高ぶってゆく。蒼は真っ赤になった顔を逸らせ、片手の甲で隠した。

いつものようにヴァルトスが深く蒼をくわえ込む。蕾を探る指を感じ、蒼は息を詰めた。

ぬくっと指が入ってくる。

昨夜ヴァルトスを受け容れたばかりの其処は容易く侵入を許し、嬉しそうにヴァルトスの指を食い締めた。

「はあ……う……っ」

感じやすい肉壁を優しくこねられ、蒼はよがる。

「ちょ……っ、や、です、そこっ、ヴァル、だめ。だめ、あ、あ、あ……っ」

蕩けて、しまう。飴玉みたいに舌の上で転がされ、とろとろに、なる。

蒼は仰け反った。

戦慄き、勢いよく白濁を噴き上げる。

今度もまたヴァルトスは躊躇なく蒼の精を呑み干した。余韻にひくついているものを吸い、最後の一滴まで啜り上げる。

「あ……あ……」

純白の髪を流した美しい恋人が自分のモノを美味しそうに吸う淫蕩な光景を、蒼は潤んだ瞳で見つめた。

〝美味なのは、変わらぬな〟

白濁に汚れた唇を綺麗にたわめ、ヴァルトスが微笑む。

不意に泣きたい気持ちが込み上げてきて、蒼は呼吸を引きつらせた。

恥ずかしい。

気持ちいい。

——この人が、愛しい。

名残惜しげに蒼の陰茎をしゃぶっていたヴァルトスが躯を起こし性器を取り出す。蒼の片足を肩に掛け、大きく開かせる。

ヴァルトスは猛っていた。

匂いなどなくても、ちゃんと蒼に欲情してくれたのだ。

「あ……」

まだ力の入らない蒼の躯を引き寄せ、ヴァルトスが後口にソレをあてがう。ぐ、と力を込められると反射的に躯が逃げようとしたが、ヴァルトスは許さない。ヴァルトスのモノを受け容れるのには細すぎるように見える腰を掴み、押し込む。

「ヴァル……っ、お、っき……っ」

狭い肉の狭間にゆっくりと長大なモノが呑み込まれていく。昨日注ぎ込んだ竜力がまだ蒼の中を巡っているというのは本当だったらしく、苦痛はやはりなかった。それどころか肉壁を擦り上げられ、蒼の肌が粟立ってゆく。

あ……すご……。

ヴァルトスが目元を緩ませる。

自分の中にヴァルトスがいっぱいに詰まっている感じがした。自分とは違う拍動を躯の中に感じる。

〝動くぞ〟

「────はい……」

ゆっくりと大きなモノが引き抜かれていった。それから止まって、また突き入れられて。

「ああ……」

余裕のある腰使いに、蒼は陶然と溜息をついた。

「ヴァル……、ヴァル……っ」

熟れた肉壁がひくつき、ヴァルトスの雄に絡み付く。大きく張ったモノで感じる場所を擦り上げられると、小さな尻が震えた。

ヴァルトスが蒼を突き上げながら、胸の粒へと手を伸ばす。きゅうっと摘まれると、何かがぎゅんと躯の芯を走った。

「あう……っ」

びくびくと痙攣する肉壁が、ヴァルトスの雄を揉みしだく。

ヴァルトスの眉間に深い皺が寄る。蒼の両手を座面に押しつけ、指を絡めてくる。

それから蒼がもっとも感じる場所を狙い、ねじ込むようにして突き上げる。

いい……っ。

深い場所を抉られ、蒼は喘いだ。

ヴァルトスは蒼の腰をしっかりと掴み直し、執拗に其処ばかりを狙って責め立てる。過ぎる快楽に抗えず、蒼の目尻から涙が零れた。

「はあ……っはあ……っはあ……っ。ヴァル、も、わかったから……っ」

匂いなんて、関係なかった。

ヴァルトスはちゃんと蒼自身を愛してくれている。ちゃんと、わかった。

大丈夫だからと訴えると、夢中になって突き上げていたヴァルトスが、蒼の中に深々と己を埋めた。やっとイくのか、と思った途端、凄まじい快感の波が蒼を押し流す。

「ひ……あ……っ」

ヴァルトスが蒼の中に放ったのだ。

ソファを掻きむしり、蒼は震えた。蒼の薄く柔らかな肌の内側に新たな竜力が巡り始める。

斜めになった陰茎の先端から薄い白が細い糸となって落ちた。指先まで痺れてしまって、うまく動けない。

どうしよう、こんなの、気持ちよすぎる。これからもヴァルトスとする度、こんなになってしまうんだろうか。俺、本当にヴァルトスの伴侶になって大丈夫なんだろうか……。

そんな事を考えているうちに、ふっと意識が途切れた。


〝おはよう〟

目を開けると同時に待ち構えていたかのように挨拶され、蒼は瞬いた。

上着を掛けただけの姿で蒼はソファに横たわっていた。蒼の腰の辺りに浅く腰掛けたヴァルトスがソファの背に肘を乗せ、蒼の顔を覗き込んでいる。

ヴァルトスとセックスして意識を飛ばしてしまったのだと思い出し、蒼は赤くなった。窮屈な格好でいたした割には躯の何処も痛まない。ぐっすり眠った後のような晴れやかな気分だ。

「俺、どれくらい寝ていました?」

〝ほんの僅かな時間だ。茶も冷めない程度だな〟

起き上がろうとするとヴァルトスが手を貸してくれる。

上着に袖を通しながらテーブルへと目を遣ると、花が二輪置いてあった。

元は青色だったらしい、小指の爪程しかない枯れた花と、萎れ始めている薄紅色の花だ。

「これ……俺があげた花ですか？」

蒼が青い花を摘み上げると、ヴァルトスが目元を緩めた。

〝そうだ〟

取って置いてくれていたんだ。

胸の中がふわりとあたたかくなる。

蒼は薄紅色の花を、期待を込めて見つめた。

「こっちの花……俺がもらっても？」

〝駄目だ〟

当たり前のように拒否され、蒼はヴァルトスを見つめた。

どうして、駄目なんだ？

不安げな蒼の髪にヴァルトスが口づける。

〝こんな萎れた花で求愛されたいのか、ソウは。新しい花を摘んでやる。来い〟

手を取られ、蒼は立ちあがった。身なりを整え、窓から外へ出る。

外から眺めると、蒼の部屋の窓はなだらかな上り坂の途中にぽかりと空いた穴のようだった。緩やかな斜面の下方には何も見えない。うっかり足を滑らせたら何処までも転げ落ちていってしまいそうだ。怖いが、まるで空のただ中を歩いているようで気持ちよくもある。

蒼はヴァルトスに連れられ、ゆっくり斜面を登っていった。右手はしっかりとヴァルトスに握られている。

手を繋いで歩く、それだけの事がひどく嬉しい。

こんな風に誰かと歩いてみたいとずっと思っていたんだ。

蒼は小さな笑みを浮かべ、ヴァルトスの横顔を見上げる。

少し上ると、平らになった場所に出た。青黒い鉱石の上に土が溜まり、丈の高い草が揺れている。その間に、ヴァルトスが摘んできてくれた小さな花が見えた。

ヴァルトスに手を引かれるまま、小さな草原《くさはら》の真ん中まで分け入る。

紅い眼がぐるりと辺りを見回し、咲いたばかりの花をぷつんと摘み取った。

花を持ったヴァルトスが蒼に向き直ると、蒼もヴァルトスを真似、花を選ぶ。

――これをあげると、求婚した事になるんだ。

何ともいえない感慨が込み上げてきて、蒼はヴァルトスを見つめた。

この世のものとは思えない美貌を持つ、誰より強い雄。蒼より遙かに長命な、空の王。

初めて会った時から惹かれていた。でも単なる憧れだけで終わるんだろうと思っていた。この人の手を取って本当によかったのか、蒼にはよくわからない。だが蒼にはもう、ヴァルトスの傍を離れる事はできなかった。

自分が傍にいる事で、長い長い生のほんの一瞬に過ぎなくても幸せで彩ってあげられたらいいと蒼は思う。

この人の楔に、なりたい。

〝ソウ、私はそなたが愛しい。私の伴侶になって欲しい〟

「――――はい」

ごめんなさい。

あまり長い時を過ごす事はできないけれど。

差し出した掌の上に、ヴァルトスが瑞々しい花を載せる。次いで差し出された大きな掌に蒼も花を置いた。

見つめ合いながら髪に花を挿す。

ふわりと風が起こった。

つむじ風のように二人の回りを巡り、髪を舞い上げる。

「――花にも竜力があるんですか――?」

〃違う。誓約が成ろうとしているのだ〃

髪に挿した花が白く光り、場に不思議な力が満ち始めた。

何処か自分の奥深い所が、確かにヴァルトスと繋がっていると感じる。これが魂が結ばれているという事なんだろうか。

思わず手を伸ばし、ヴァルトスの白髪を飾る花に触れてみようとした瞬間、風が鳴った。

花が天空高く攫《さら》われてゆく。

竜ではない、不可思議な存在を感じた。

誰か、いる。

パラディソスの理《ことわり》を司《つかさど》る、竜よりも大きな存在。

「今のが――誓約？」

〃そうだ。誓約は成った〃

花は、婚姻を証す、誓約書。

何処か遠くで竜が鳴き始める。歌うような鳴き声が次々と重なり増えていく。

ヴァルトスの表情が軟らかく綻んだ。

〃蒼、誓約の成立を言祝《ことほ》ぐ竜たちの祝いの歌だ〃

「えっ」

風が舞う。一斉にパラディソスから舞い上がった無数の竜たちが空を覆う。

〝おめでとう〟

〝おめでとうございます、ヴァルトス様、ソウ様〟

赤みを帯びた鱗を光らせている大きな竜はマノリアだ。傍を飛んでいるもっと大きな竜はオルカだろう。

大きな竜たちが飛んでいるのを見てももう恐怖は感じない。

ヴァルトスが掌を翳すと、白い蝶の群れが生まれ、パラディソスを覆い尽くした。幸せのお裾分けを早速追い始めた子供たちの笑い声が弾ける。

白い蝶が舞う中、蒼はヴァルトスが差し伸べた手を取った。顎をすくわれ、蒼も爪先立ちになって顔を仰向ける。

頭上には何処までも青い空が広がっている。

この世界は優しく、決して蒼の存在を否定しようとしない。

もう元の世界に帰ろうとは思わなかった。

目を伏せ、ヴァルトスのくちづけを受ける。興奮した竜たちの歓声が空に響いた。

あとがき

こんにちは。成瀬かのです。

この本をお手にとってくださってありがとうございました。

商業では初めての異世界トリップです。人外攻です！

好きなもの書かせてくださってありがとうございました、編集様。

そしてそして、素敵な挿し絵をありがとうございました、宮城とおこ様！　宮城様に描いていただけるのならイケる！と今回のお話の攻は竜。期待以上の美しさに、ただただ溜息です。

去年書き始めたこのお話、色々噛み合わなくて発行まで間があったとはいえ、何度も直しまくって編集様にはお手数をおかけしました。

特殊嗜好に走りまくったお話ですが、楽しんでいただければ幸いです。

http://karen.saiin.net/~shocola/dd/dd.html 成瀬かの

プリズム文庫をお買い上げいただきまして
ありがとうございました。
この本を読んでのご意見・ご感想を
お待ちしております!

【ファンレターのあて先】
〒153-0051 東京都目黒区上目黒1-18-6 NMビル
(株)オークラ出版 プリズム文庫編集部
『成瀬かの先生』『宮城とおこ先生』係

プリズム文庫

竜王は花嫁の虜

2012年11月23日 初版発行

著 者 成瀬かの
発行人 長嶋正博
発 行 株式会社オークラ出版
〒153-0051 東京都目黒区上目黒1-18-6 NMビル
営 業 TEL:03-3792-2411 FAX:03-3793-7048
編 集 TEL:03-3793-8012 FAX:03-5722-7626
郵便振替 00170-7-581612(加入者名:オークランド)
印 刷 図書印刷株式会社

 ISBN978-4-7755-1944-8